「この人が、学院で『ジャアク』って
呼ばれているなんて、
誰も思わないっスよ」
「ハーちゃん……。
ネレム……」
ルブル・キル・アレンティリ
ネレム

「幸せそうな寝顔……」
ハートリー・クロース

CONTENTS

魔王様は回復魔術を極めたい

～その聖女、世界最強につき～

延野正行

BRAVENOVEL
ブレイブ文庫

プロローグ

「よくぞ来た、勇者よ！」

纏《ひるがえ》った羽衣を翻し、手を広げる。

闇の中で鬼火のように浮かんだのは、頭に羊のような角を生やした異形の容貌。

そして纏う空気は、絶望であった。

大魔王ルブルヴィム――。

異法世界マナガストに君臨する魔族の王。そして人類の宿敵……。

その力は圧倒的だった。

剣術・槍術・弓術・拳闘術・魔術――。

あらゆる術理を修め、さらに一〇〇〇年もの間、研鑽を続けた大魔王は英雄、豪傑、猛将、賢者と名だたる傑物たちを粉砕してきた。

今、そのルブルヴィムと戦っているのは、長年に亘る宿敵『蒼天《そうてん》の勇者』ロロだ。

ルブルヴィムを討つために神より力と血を分け与えられた勇者は、言うまでもなく人類を超越した存在であった。これまで数多《あまた》の英傑たちがルブルヴィムの前に敗れ、今やまともに戦えるのはロロだけである。

しかし神から恩恵を与えられたロロですら、ルブルヴィムの前では玩具《がんぐ》同然であった。まともに戦えると言っても、殺されないで済むのが精一杯だったのだ。それでもロロは諦めなかった。それこそ彼が勇者と呼ばれる所以《ゆえん》だった。

ロロは負けるたびに想像を絶するような修業を己に課し、ルブルヴィムと再戦した。

だが、やはりルブルヴィムには届かない。

それどころかロロと戦う内に、ルブルヴィムもまた強くなっていく有様だった。

一〇〇〇年以上の月日が経っても、ルブルヴィムはなお成長を続けていたのだ。

さて、そのルブルヴィムだが、少々難のある性格をしていた。

魔族の王でありながら孤独を好み、人間に悪魔とそしりを受ける種族でありながら、卑怯を何よりも憎んだ。ひとえにストイックであり、前時代的な頑固な老将のようであった。

ゆえに魔王の間に来るまで数々の魔族を打ち倒し、疲弊した勇者に対してルブルヴィムはこう言って開戦を告げるのが、もはや定番となっている。

「さあ、回復してやろう……」

ルブルヴィムの手から放たれたのは、岩山すら溶かすような灼熱の炎でも、南国の海すら凍てつかせるような極寒の吹雪《ふぶき》でもない。

文字どおり、回復魔術を敵である勇者に放ったのである。

すると、勇者ロロの傷ついた身体はたちまち回復していく。傷はおろか、体力や魔力まで全快し、ここまで受けた数々の毒や呪いすら治っていた。結果的に魔王城に踏み込む以前の状態にまで回復し、ロロたちは爽快感すら感じている。

「ふん……。相変わらず変な魔王だ」

鼻を鳴らしたのは、『緑衣《りょくい》の賢者』クトリフであった。

若いように見えるが、勇者の師匠にしてエルフの王である。

「覚悟なさい！　今度こそあんたを倒して、ロロとハネム——じゃなかった、世界に平和を!!」

勇ましい言葉と大魔石の欠片《かけら》がついた杖を振りかざしたのは、『紫晶《ししょう》の魔女』リヴェンナだった。

魔女族の中でも天才といわれる彼女は、元々魔王の下で働いていたが、ロロと戦う内に本人曰《いわ》く友情に目覚め、ともに魔王と戦う仲間となった。

「よし！　行くぞ、二人とも!!」

ロロの合図で、三人は一斉に動く。あっという間にルブルヴィムを取り囲むと、それぞれの得物《えもの》に魔力と信念、そして魂を込めた。

「「「食らえ、ルブルヴィム！　滅技・神槍燦撃《トライデントブラスター》!!」」」

ロロは神から貰った神剣を振り下ろし、クトリフは必殺必中の魔弓を放つ。

最後にリヴェンナが特大の爆裂魔術を直撃させた。

三人が打ち込める最大最強の火力。

それを一〇〇〇〇分の一も狂いなく同時にルブルヴィムに打ち込んだ。

邪知暴虐の魔王でなければ、影すら吹き飛んでいたことだろう。

そう――大魔王ルブルヴィムでなければ……。

「やったか？」

ロロは言葉を絞り出し、爆煙の中心地を見つめる。

やがて声が聞こえた。高笑いでもなければ、相手を蔑むような嘲笑というわけでもない。

煙の中から現れたのは、子どものように地団駄《じだんだ》を踏んだルブルヴィムであった。

「なぜだ……。なぜ、我は極められない。我が魔王だからか…………！」


なぜ、我は回復魔術を極められぬ!!


ルブルヴィムの絶叫が広い空間に響きわたる。

一方、ロロたちは自分たちの最大火力を食らってなお、無傷でいるルブルヴィムを見て、呆気に取られていた。

ルブルヴィムが吐いた言葉を聞き、かつての配下リヴェンナが頭を抱える。

「また始まった……」

ルブルヴィムの回復魔術への固執は、魔族内でも有名だった。

一説によれば、外に出て魔王軍の進撃に加わらないのも、自室にこもって回復魔術の研究に専念しているからだと、まことしやかに囁かれている。

「しかし、我々の攻撃を食らって、無傷とは……」

『緑衣の賢者』クトリフは、眼鏡をくいっとあげる。横でリヴェンナが肩を竦めた。

「しかも本人は自分たちの攻撃よりも、自分がかけた回復魔術のほうが気になるようだし」

「それはそうだろう!!」

突然、ルブルヴィムは一喝する。怒りの表情を浮かべているのかと思えば違う。

大魔王の目から涙が溢れていた。

「なぜだ！　なぜ、お前たちは弱いのだ!?　我がこんなにも日夜腐心し、回復魔術の研究をしているのに――――。なぜ、お前たちの弱さは治らんのだ!?」

言っておくが、ルブルヴィムはロロたちを馬鹿にしているわけではない。

魔王であり、武人でもあるルブルヴィムは、相手に対するリスペクトを決して忘れない。

『どんな相手でも全力をもって戦いたい』

魔王らしからぬ信念を持つルブルヴィムは、常に本気だ。

だからこそ戦闘前に必ず対戦相手を全回復させるのであり、ロロたちが弱いのは自分の回復魔術のせいだと思い込んでいるのである。

やがて『蒼天の勇者』ロロは息を吐き出す。

戦闘を再開するのかと思ったが、ロロがやったことはまったく別のことだった。

両手を上げて、こう言ったのである。

「降参だ、ルブルヴィム」

その一言は、ルブルヴィムはおろか、ほかの仲間二人も慌てさせた。

ルブルヴィムを倒すために神に選ばれ、そのあとの厳しい特訓にも弱音一つ吐かずに耐えてきた勇者の口から、敗北を認める申し出があったのである。仲間たちが驚くのも無理からぬことであった。

「ちょ！　ロロ!!　あんた、何を言っているのよ!!」

「聞いてのとおりだ。僕は降参することにした」

「負けを認めるというのですか？」

普段冷静沈着なクトリフですら、声を上擦らせている。

「ロロ！　考え直して！　ロロが敗北を認めちゃったら、それは人類の敗北も同然なのよ。魔王に屈していいの？」

リヴェンナは思いとどまるように説得するが、ロロの気持ちは変わらなかった。

「僕はね。たとえ人類がルブルヴィムに屈しても、さほどひどい世界にはならないと思う」

「ど、どうしてそんなことを……」

「君も知っているだろう。ルブルヴィムは戦う者すべてに対して、尊敬の念を抱いている。おそらくその気持ちは、僕たち人間以上だ。しかし、仮に魔族が人間を滅ぼしたらどうなる？　彼に対して挑戦しようとする者がいなくなる。それはルブルヴィムも本意ではないだろう。そうだろう、ルブルヴィム？」

「ん？　何か言ったか？」

失意に沈んでいたルブルヴィムは、急に話しかけられて顔を上げた。

どうやら、まったく話を聞いていなかったらしい。

ロロは苦笑しながら、ルブルヴィムに尋ねた。

「ルブルヴィム、僕たちは降参する。まあ、全人類の総意というわけじゃない。おそらく今から各国の偉い人が集まって協議し、そして結論を出すことになると思う。だが、少なくとも僕はもう、お前とは争わないことに決めた」

「我とは戦わないというのか、『蒼天の勇者』」

ロロはゆっくりと首を縦に振り、子どもに話し聞かせるように告げた。

「争わないというだけで、戦わないというわけじゃない。ただ関係性が少し変わるだけだ。敵としてではなく、友として君と戦う」

「魔王である我を、友と呼ぶのか？」

「気にさわったのなら謝るよ」

「いや、良い。お前と戦っているときが、我が二番目に幸福と感じるひとときであるからな」

「そいつは嬉しいな。ちなみに一番は？」

「決まっておろう。回復魔術の修業をしているときだ」

ルブルヴィムは真顔で答える。その答えに、他の者は苦笑で返すのが、精一杯だった。

「ルブルヴィム。教えてくれ。お前は世界を征服して、そのあとどうする？　望みは一体なんだ？」

「世界征服になど興味はない」

「じゃあ――」

「だが、望みがないわけではない」

「ほう。魔王の望みか。興味があるな」

クトリフは眼鏡をくいっとあげた。

「教えてくれないか？」

「言ったところで、お前たちに叶えられるものかどうか」

「俺たちは友達だろ？　力になれることがあるかもしれない。なんでも言ってくれ」

ロロは手を広げ、戦意がないことを改めて示す。

ルブルヴィムは真剣な表情で答えた。

「我は人間になりたい……」

意外な申し出に、ロロも他の二人も絶句する。

みんなが固まる横で、ルブルヴィムは淡々と理由を語った。

「我はすべての術理を極めてきた。剣術、槍術、弓術、拳闘術、そして魔術……。だが、神聖術――つまり、回復魔術に関しては、終《つい》ぞ極めることができなかった」

ルブルヴィムは悔しそうに肩を落とす。

ロロの側でリヴェンナが「十分だと思うけど」とぼそりと呟いた。

「原因はおそらく我が魔族だからだろう。魔族の身体と、神聖術は相性が悪い。だが、人間になることができれば、回復魔術を極めることができる――と我は結論づけた」

ややポカンとしながらルブルヴィムの説明を聞いていたロロは、気を取り直す。

後ろを振り返り、ロロは仲間たちに意見を求めた。

だが、安易に良案が生まれるほど、ルブルヴィムの申し出は簡単なものではない。

すると、闇で満たされていた魔王の間に、突如光が走る。

現れたのは、金髪を翻《ひるがえ》した天女であった。

「聖霊エリニューム様!!」

それはロロを選定し、力を与えた神の使徒の一柱であった。

エリニュームはルブルヴィムの前に立ちはだかる。

「ほう……。貴様が神か？　強いのか？」

ルブルヴィムは興味津々だ。玉座から立ち上がり、拳を固める。

一方、聖霊エリニュームは微笑を浮かべるだけだった。

「私にはあなたのような武力はありません。ご期待に添えないかと」

「そうか。それは残念だ」

「しかし、あなたを人間に転生させることは可能です」

「転生だと……！」

「『転生の法』を受けてみますか？」

「受ける！　回復魔術を極めるためなら、我はなんだってするぞ」

ルブルヴィムは即決する。

仮に彼が転生し、この世からいなくなれば、一体どんなことが起こるのか。

それすらルブルヴィムにとって、眼中にないらしい。

一瞬、聖霊エリニュームの口端が歪んだような気がした。

「ルブルヴィム、本当にいいのか？　もう少し考えてもいいんだぞ」

友として心配したロロがルブルヴィムに再考を促す。

だが、ルブルヴィムは子どものように笑った。

「ロロ、貴様との戦いはじつに楽しかった。お前ほど戦い甲斐のあるヤツは、我の人生において一人もいなかった」

「…………光栄だね」

ロロは一抹の不安を払い、最後に笑顔を見せる。

「強くなれ、ロロ。我もさらに強くなる。そして、いつか再び相まみえよう。その折には、必ずや完璧な回復魔術を披露することとしよう」

「それは楽しみだ」

「では、さらばだ!!」

ルブルヴィムは、聖霊エリニュームが放った『転生の法』の光の中に、消えていく。

その表情は、魔王とは思えないほど快活な笑顔であった。

「行ったな……」

「なんか鬱陶《うっとう》しいというか、暑苦しい魔王様だったけど、いなくなると寂しいものね」

リヴェンナの目は、すでに潤んでいる。

聖霊の姿もいつの間にか消え、魔王のいなくなった部屋にはただ静寂だけが残るのみだった。

クトリフはロロのほうを向く。

「これで良かったのですか、ロロ」

「友達の長年の夢が叶ったのだからいいじゃないか。僕たちは、僕たちの務めを果たせばいい」

「務め……？」

すると、ロロは振り返り、そして苦笑した。

「人間になったルブルヴィムを倒すために、僕たちも強くならなくては」

友と再び相まみえるために……。

第一話

ん？　なんだ、これは？

重たい瞼をぐぐっと持ち上げ、我は覚醒する。

見えたのは暗闇。しかも、どうやら水の中にいるらしい。

転生は成功したのか。あるいは失敗したのか。それすら我にはわからぬ。

不思議だ。水の中にいるというのに、息苦しさなどまるで感じない。むしろ気持ちが良く、妙に安心してしまう。はてさて一体ここはどこなのだ？

事態を冷静に見極めようと、我はしばし黙考することにした。

『はあ……。はあ……。はあ……。はあ……。はあ……』

女の息づかいとともに、水の中は激しく揺れ始める。

馬車か？　ずいぶんと揺れる馬車があったものだが、客車の中が水に満たされた馬車などあるのだろうか？　わかったぞ。ここは馬車の中ではない。

おそらく人間の妊婦のお腹の中だ。それも人間の……。

そして我は、その女の胎児なのであろう。

転生の法は成功したようだが、どうやら我は産まれる前に目覚めてしまったらしい。

『奥様！　お早く!!』

『わかっています』

腹の外から声が聞こえる。一人は母親、もう一人は話しぶりからして世話係であろう。

再び腹の中が激しく揺れ始める。母親が我を身ごもったまま走っているのだ。

やれやれ……。転生早々騒がしいことだ。ついに我が転生を果たすのだから、花火とはいかぬまでも、喇叭《らっぱ》の一つでも吹いてほしいものである。

愚痴っても仕方あるまい。そもそもいつ転生するのかは、我ですら知らなかったのだ。

他の者がそれを予測できたとは思えぬが、このままでは埒《らち》が明かぬ。

ともかく状況確認しよう。

【念視《ザイン》】

我は透視魔術を使う。通常の視覚では確認できない外界の状態を見ることができる魔術だ。

目覚めたばかりゆえ、制御に少々難があるが、初歩魔術なら問題ない。

【念視】で外を見ると、そこもまた真っ暗だった。

どうやら夜の森を、身重の母親と世話係が走っているらしいが、やはりまだ状況が掴めぬ。

まさか我を身ごもっている段階で、夜に秘密の持久走というわけではあるまい。訓練を欠かさぬことは感心だが、臨月の母親がすることとしては、いささか無茶が過ぎる。

母親の蛇行に少々辟易していると、音が聞こえた。

身を揺るがすような轟音に、木の上で羽を休めていた鳥たちが一斉に羽ばたく。

直後、森に紅蓮《ぐれん》の光が走った。

炎息《ブレス》である。

巨大な炎の渦が森を縦に蹂躙する。

幸いにも我を身ごもった母親からは遠く離れていたが、なかなかの威力だ。

一瞬にして巨木が炭に変わり、熱風が腹の中にいる我に多少なりとも影響をおよぼす。

『きゃあああああ!!』

母親の世話係が悲鳴を上げる。腰を抜かしたらしく、倒れてしまった。側付きは自分の怪我の具合を確認するでもなく、森の木よりも遥か上空を見上げる。赤く燃える炎の光に照らされていたのは、巨大な魔獣であった。

黒竜ガラミッド。竜種最強の魔獣である。

我も修業時代は何度も相手にしたものだ。

最初は苦戦したが、最後は髪一本で倒せるようにまで至った。

竜の鱗《うろこ》は生物の中でも、とくに硬いと聞いていたが、鍛《きた》えた我の髪には敵わなかったらしい。

どうやら黒竜は母親を捜しているようだが、よもや修業時代に散々倒してやった恨みを、今世になってまだ胎児である我にぶつけにきたわけではあるまい。獣のわりには、頭が回るヤツだからな。我の転生をいち早く察知した可能性がある。誕生祝いとしてずいぶんと手荒な挨拶だが、早速我を出迎えるとは初《う》いヤツよ。

しかし、母親の腹の中にいる我には、竜の頭をなでることも殴って追い返すこともできぬ。

歯がゆいこと、この上ない。

『奥様、私を置いてあなただけでも』

『何を言っているのです！　さあ、お立ちなさい』

まったくだ。腰を抜かしたぐらいで置いていけなど。冗談もほどほどにせよ。

やれやれ……。仕方ない。

（回復してやろう……）

世話係の身体がほんのりと光る。

『こ、これは？　回復魔術？　奥様、いつの間に魔術を学ばれたのですか？』

『私じゃないわ。でも、これは――』

母親が我のいる腹を押さえるのがわかった。

感心している場合か。早く逃げよ。このままでは死ぬぞ。

『奥様！　なんだか私、すごく力が出てきました、失礼!!』

世話係はシャンと立ち上がる。溢れんばかりの筋肉を見せびらかすように、謎のポージングを決めた。さらに母親を軽々と抱え上げ、そのまま夜の森を疾走し始める。

『あ、あなた、いつの間にそんなにたくましくなったの？』

『私にもわかりません。回復魔術を受けたら、力が溢れ出てきたのです』

『回復魔術に、そんな効果があったかしら』

母上殿、そういう疑問はいいから、とっとと走れ。向こうがこちらに気づいたぞ。

黒竜ガラミッドの首がこちらを向く。大きく翼をはばたかせると、巨体が浮き上がった。

低空を維持しつつ、空から我らを追いかける。

『ひぃ！　ひぃいいいいいいい!!』

世話係が走る。それにしても遅すぎる。

回復魔術をかけたというのに、この世話係の動きの鈍さは何も治っていない。

せっかく、人間に転生したというのに、まだ回復魔術を極められぬとは……。

我が回復魔術を極めるのは、まだまだ先になりそうだ。

『まずい！　追いつかれるわ!!　あなただけでも逃げて』

『奥様を置いてなんて無理です。それにお子様もいるんですよ!!』

まったくだ。転生した直後に死ぬなど、笑い話にもならぬ。

ガラミッドごときに、我が魔術をくれてやるのは、少々もったいない気もするが致し方ない。

黒竜の口内が赤く染まる。再び炎息《ブレス》で周辺を焼き払うつもりであろう。

調子に乗るなよ、黒蜥蜴《とかげ》風情が。

【地獄焔《ヴェルファアリア》】！

腹の中から我は魔力を放つ。

瞬間、黒竜は黒い炎に呑み込まれた。

自慢の炎息《ブレス》を吐き出すことなく、炎の中に溺れるように沈んでいく。

『ひぃいいいいいぎゃあああああああ!!』

断末魔の悲鳴を嘶《いなな》く。昔、何度となく聞いた末期の叫びだ。一瞬にして黒竜は炎の中に溶け、最期は跡形もなく消えてしまう。残るは巨大な竜の影だけだった。

『な、何が起こったの？』

『さ……さあ』

母親と世話係は、呆然と互いを見つめる。

やれやれ。黒竜如きに手こずるとは、相変わらず人間という生き物は脆弱だな。以前より弱体化しているのではないか。

（ふわっ……）

眠い。胎児の姿で【地獄焔《ヴェルファアリア》】のような上級魔術は少しやり過ぎたか。【地獄焔《ヴェルファアリア》】はこのあたり一帯が消し飛ぶほどの魔術だ。一応加減はしたが、本気など出せば我が肉体どころか、母親すら焼滅しかねない。

さて再び眠りにつくことにしよう。それまでのしばしの別れだ。

おやすみ、母上殿……。

◆◇◆◇◆

三日後、我は誕生した。

少々厄介ごとは起きたが、無事生まれたらしい。

助産師に臍《へそ》の緒を切られて、ようやく外の空気を感じられるようになった。

何か喋ろうとして出てきたのは「おぎゃあああ！」という産声《うぶごえ》だ。

ふむ。まだ声帯の調子が悪いな……。

五感の感覚も鈍いし、視覚が機能していないのも防衛上よろしくない。じつに未熟な状態だ。

人間の赤子とはこうも脆弱に生まれてくるものなのか。牙も生えていないのでは、肉も噛み切れぬし、味覚も未熟だと野菜の味もわからぬ。こんな状態で生きていくことができるのか。

もしや我は何かすでに病気に冒されているとか。それはいかん。早速回復せねば。

我は回復魔術を使う。すると、歯が伸び、舌に力が宿る。視界もクリアになり、例の世話係と思われる者の顔がはっきりと見えた。世話係と思っていたが、どうやら助産師であったらしい。

「さあ、奥様」

産湯《うぶゆ》に浸かっている間、五感の機能をすべて回復させる。

身体を洗われ、我は助産師から母親に手渡される。

緩やかに長い黒髪。白砂のような白い肌。大きな乳房は包容力に満ちあふれ、我に向けられた瞳には慈愛の光が宿っている。唇は薄く、優しげな笑みを湛えていた。

こうやってマジマジと顔を見るのは初めてだが、なかなか美しい母親だ。

この者の心を射止めた者は、それなりの器量の持ち主であろう。

「マリル様、名前はお決めになったのですか？」

助産師はお湯で手を洗い、布で拭いながら我の名前を問うた。

マリルというのは、母親の名前のようだ。

「それはターザム様がお決めになることよ」

マリルは我をあやしつつ、口を開く。察するに父親の名前であろう。

「どんな名前をお決めになるのでしょうね。ああ。こんなときに、旦那様はどこへ……」

「仕方ないわ。黒竜に狙われた領地の再建に奔走《ほんそう》されているのですから。それでも生まれたと聞いたら、すっ飛んでくるでしょうね。この子のことを楽しみにされていましたから。強い子に育つと」

「あの夜のことは、今でも信じられません。本当にこの子が守ってくれたのでしょうか？」

「私はそう信じていますよ。ねぇ、まだ名前のないかわいいあなた」

「そのとおりだ」

「――――ッ！」

部屋の中が静寂に包まれる。

助産師とマリルが周囲を見渡した。

うん。なんだ、その反応は……。ようやく声帯が整ってきたので、声を出してみたが、変だっただろうか。一応、昔の言葉よりも若干イントネーションが違っていたので、周囲に合わせてみたのだが……。

「え？　今のって？」

「私じゃないですよ」

助産師は「ないない」と手を振る。

「じゃあ……」

二人の視線がようやく我に注がれた。

「はじめまして、母上殿」

「しゃ！」

「しゃ!!」

『しゃべったあああああああああ！！！！』

絶叫する。あまりに驚きすぎて、マリルなどは我を取り落としそうになったほどだ。

危ないぞ、気をつけよ。

「信じられない。生まれたばかりの赤子が」

助産師は腰を抜かし、サイドテーブルに寄りかかる。

「本当にあなたが喋っているの？　自分の子どもに『あなた』というのはおかしいけど」

「ならば我のことはルブルヴィムと呼ぶがよい」

「ルブル――――えっと？　ルブルちゃん？」

ルブルヴィムだ。最後までしっかり覚えよ、母上殿。

もしかしてマリルは天然というヤツだろうか。

「そなたがそう呼びやすいのならそれでよかろう」

気になるのはルブルヴィムという名前を聞いて、マリルもほかの者も反応が薄いところだ。

自分で言うのは少々照れくさいが、我はかつて全世界を震撼させた大魔王である。

当時は名前を聞いただけで、心臓を止めた者すらいたというのに。だからといって、死んでほしいわけではないが……。マリルたちは歴史というものに興味ないのだろうか。それとも我の名前が風化するほど、年月が過ぎたのか。どうやらあとで調べる必要がありそうだ。

今は、この張り詰めた空気を緩めるほうが先決であろうな。

「ん？」

ふと視界に飛び込んできたのは、部屋の中にあった姿見だ。

おそらくここはマリルの寝室なのだろう。

魔王城よりは遥かに簡素だが、建物自体の作りはしっかりしているようだ。

安物ばかりだが、調度品の趣味も悪くない。

中でも我が注目したのは、姿見に映った自分の姿であった。

「な、なんと脆弱な‼」

人間の赤子を見るのは、初めてというわけではないが……。

改めて見るとじつに弱っちく見える。これではスライムにすら後れを取ってしまいそうだ。

この大魔王ルブルヴィムの魂が宿る肉体《うつわ》としては、あまりに惰弱……。

ならば一刻も早く、この状態から回復せ・ね・ば・な・る・ま・い！

我はまた回復魔術をかける。

「きゃ！」

黄金色に輝く我が子を見て、マリルと助産師は驚く。

あまりに埒外《らちがい》の出来事に、ついに助産師は卒倒してしまった。

かまわず、我は回復魔術をかける。マリルの手の中で我はムクムクと大きくなっていった。

楓《かえで》のような手は一回りも二回りも成長し、その指先は一流の彫刻師に彫らせたように繊細に伸び上がっていく。弱々しい短足《あんよ》には扇情的なラインが浮かび上がり、ないに等しかった毛髪は、銀砂のように美しく輝いた。

「る、ルブルちゃん……？」

「な、なんてこと……。さっきまで小さな赤子だったのに」

『一気に成長した!!』

マリルと助産師の声がそろう。ついに助産師は我の姿を見て、意識を失ってしまった。

だが、驚いていたのは我も同じだ。

「な、なんだ、これは!?」

マリルの腕の中から降りて、姿見で再び自分の身体を確認した我は驚く。

正確にいうならば、我の胸についた余計な脂肪についてだ。

「これではサキュバスではないか！」

我は怒りのまま胸を鷲掴《わしづか》むと、突如電撃が走った。

思わず淫靡な気持ちになり、顔がキュッと熱くなる。

な、なんだ。なんなのだ、今の気持ちは……。なんと形容すべきであろうか。くすぐったい？　しかし、それは建前であって、心の奥底にある本音ではない。あえていうならば……。

(ちょ、ちょっと気持ちが良かった……？)

いやいや、落ち着け、ルブルヴィム。

我はかつて世界を震撼させた大魔王だぞ。すべての術理を修め、そして今も回復魔術を探求するために、こうして人間に転生した魔族の君主である。

刹那的な快楽に溺れるなど、惰弱の極み！　回復魔術を極めずに、そっちを極めるとは。

どうやら転生したことによって、我は肉体的にも精神的にも弛んでいるらしい。

その最たるものは、この胸の余計な脂肪であろう。

「こんなもの！　我の回復魔術で回復させてくれる‼」

我は回復魔術を自分の胸に当てる。

だが、肉はなかなか引っ込むことはなかった。むしろ大きくなっているような気さえする。

違う。気がするのではない。確実に大きくなっているのだ。

何が起こっているのか確認するため、我は鑑定魔術を使う。

出てきたのは、Cという謎の評価であった。それがDになり、DがEになる。

ついにはG――――。

「や、やめぇ！　やめるのだ！」

おかしい。なぜ大きくなる。

人間になり、回復魔術を極めることができたのではないのか？

「マリル！　生まれたのか!!」

「た、ターザム様！」

「むっ？　な、なんじゃその娘は??」

バンッと扉を蹴って現れたのは、髭を生やした貴族の男だ。

胸板は厚く、偉そうな髭を生やし、やたらと暑苦しい顔をしている。

マントを翻し、大股で我のほうに歩いてきた。

羨ましい身長だ。まあ、転生前の我よりは遥かに低いがな。

「ターザム様、その子は……」

マリルが声をかけると、ターザムはシュッと手を掲げて制止した。

なかなか規律に則した動きだ。元は軍人なのだろうか。

着ている服も皺一つ、折り目一つもない。すべてぴっしりと整っている。

暑苦しい顔とは、かなり対照的だ。

「マリルよ。皆まで言わなくていい。この子が俺の子であることはすぐにわかった」

「ホントですか？　でも、その子……いきなり大きくなって」

「俺の子どもだ。そういうこともあろう」

「え……。えええええ〜〜〜〜……」

ちょうどターザムが入ってきた段階で目覚めた助産師は、その発言を聞いて呆然とする。

横でマリルはどこか嬉しそうに目を輝かせていた。

どうやら我が父上は、なかなか寛容な性格の持ち主であるようだ。

「お主がターザム。我が父上か。はじめまして、我はルブル――――」

「なっとらん！」

「へっ……？」

「口の利き方がなっておらん。ターザムではなく、父上だろ。もしくは父上様だ！」

「いや…………その…………」

我はそのとき、本気で戸惑っていた。

まさか転生早々、父に叱られるとは思ってもみなかったからだ。

そもそも大魔王である我を叱る者など、これまでいただろうか。

「それになんだ、その姿は！　年頃の娘が人前で裸をさらすでない!!」

え？　えええええええええ…………。

突っ込むところ、そこなのか？　我が言うのもなんだが、もっと指摘箇所があるはずだが……。やばい。我のほうの理解が追いついていない。

「いいか、我が娘よ。そなたにはみっちり礼儀作法を叩き込んでやる。こうして生まれてすぐに、貴族としての振る舞いを教えられることは、じつに幸せなことなのだぞ」

「いや、我は回復魔術を極め……」

「まずは、その小賢《こざか》しい口の利き方から直してやるから覚悟せよ!!」

こうして我と地獄の教官となった父ターザムの日々は、始まったのであった。

第二話

五年後……。

「皆様、ご機嫌よう」

我はすっかりお嬢様となっていた。

父ターザムのしごき――――じゃなかった特訓の成果である。

まったくあの父は子どもを、いや大魔王ルブルヴィムをなんだと思っているのか。

「我」という一人称を「私」に強制され、尊大すぎる、生意気と言われた態度も、歩くときの腰の位置や首の角度と一緒に、改めさせられた。

くわえて、歩幅は小さく、頭に本をのせて歩けとか、乗馬をするときはコップの水をこぼさずに乗れとか、深い谷間からロープ一本で吊るされ、自然な笑顔を作れるまで放置されたこともあった。

かつて大魔王と呼ばれた我が、なぜ人間の言いなりになっているか。

その理由はたった一つ――。聖女を育成する学校に入るためである。

聖女とは人の肉体を、心を癒やす――つまりは回復を含めた神聖術の専門家である。

つまり、回復魔術を極めたい我には、聖女という進路は避けては通れぬ道なのだ。

ちなみに、聖女の話を聞いたときほど、自分が女性として生まれてきたことを喜んだ瞬間はない。その日はあまりに嬉しくてマリルを手伝い、ターザムの肩を思いっきり叩いたものだ。

しかし、学校に入るには、親の許諾が必要になる。

我は早速入学を両親に嘆願したが、聞き入れてくれなかった。

両親は子爵だ。爵位はあれど、下級の貴族ゆえに、容姿端麗な我を地位の高い貴族の側女として、育てたかったらしい。正直、それを聞いて、我は家出を計画したが、そんなことをしても聖女の学校に入学できないことがわかり、諦めざるを得なかった。

そこで我はターザムに条件を出すことにした。

我が立派な貴族令嬢となれば、聖女の学校に入ることを許してほしい、と。それだけではない。聖女の学校に入れば、より洗練された礼儀作法・教養を身につけることができることも付けくわえた。我の価値を上げることができると、ターザムに利を説いたのである。

結果的に我は入学の許可をターザムより取りつけた。

晴れてセレブリヤ王国にある聖クランソニア学院の入学試験に挑むことになったのである。

「あれ？　誰？」

「うっわ！　めっちゃかわいいじゃん！」

「おい。お前、声をかけてこいよ」

「バカ！　どこかの貴族令嬢だろ」

「まるでお人形さんみたい」

試験会場である学舎に続く赤煉瓦の道を、我は進む。

街路樹には一枚の葉もついていなかったが、淡い桃色の蕾が膨らんでいるのが見えた。まだ冬の名残《なごり》のある春風が、我の銀髪を揺らす。風には周りの受験生の声が混じっていた。

容姿に対する称賛には慣れている。父の領地アレンティリ領でも、下は三歳から、上は九〇歳の老人に至るまで、老若男女問わず、我の姿を褒めてくれた。

流れる銀髪。ほど良く引き締まった肉体と、豊かに膨らんだ胸。月光のような白い肌と、薄い桃色の唇。女性としてのたおやかさ、武人としての強靱さを兼ね備えた見事なボディ。まあ、我としては、もう少し体脂肪を落としたいところではあるのだが、父ターザムが許してくれなかった。筋肉質な貴族令嬢など、誰もいらぬというのだ。

さて、今は我の容姿のことよりも、試験に集中せねば。

聖クランソニア学院には三つの試験がある。

学力試験、実地試験、最後に適性試験の三つだ。

最初の試験は、学力試験である。

算数や語学読解力といった基礎能力問題から、歴史、魔術理解など多岐にわたる。

我からすれば退屈な問題ばかりだ。あらかじめ基礎能力問題や歴史は学んできた。

とくに歴史に関しては、じつに興味深いものであった。

なんと一〇〇〇年前の魔族との戦争が、すっぱりと切り取られていたのだ。

この問題の中にも、まったく記述がない。

我——魔王ルブルヴィムはおろか、勇者ロロやその仲間たちの名前すらなかった。

そもそも魔族という存在そのものが、歴史の中に抹消されていたのだ。

滅んだのか、それとも自ら滅びを選んだのか。あるいはどこかに封印されているのか。

手に入るだけの書物を漁《あさ》ったが、ついぞ痕跡すら見つけることができなかった。

魔族だけではなく、ロロのそのあともだ。

さもありなん……。時々、人間というのは我ですらおよびもつかない愚行を犯す。

あのとき、ロロは人類の負けを認め、そのあと我は転生し、一度世界から身を退いた。

しかし、人類のほとんどが戦争の継続を望んだのであろう。結果、我を失った魔族が敗北した。まるで騙し討ちのようだが、我は怒っていない。

戦いとは、強い者が勝ち、弱い者が負ける。

我は常に勝利を求めたがゆえに、強くあることを望んだ。

我なき魔族は、弱かったから負けた。ロロの提案を突っぱねた人類も許せぬが、それが世の選択であるならば従うしかないだろう。

我は走らせていたペンを止めた。

「ルブルさん？　もう終わったの？」

「はい。見直しも終わりました。次の実地試験のために身体をほぐしておきたいのですが。退出してもよろしいでしょうか、教官殿」

教官は眉間に皺を寄せた。どうやら我の余裕が、教官の自尊心を少し傷つけてしまったらしい。

やや歳を召した教官は側までやってくると、我の解答用紙を拾い上げた。

しかし、その顔が驚愕に歪んでいくのに、一〇秒すら贅沢な時間であった。

「すごい……。全問合ってる。魔術理解に対する回答も、すばらしいわ！」

教官はまだ試験中にもかかわらず、答案を見て絶賛した。

「すげぇ！」

「まだ一〇分も経ってないのに……」

「しかも、満点かよ」

「顔も良くて、頭までいいなんてチートだよ」

受験生たちは頭を抱える。教官がピシャリと言い放つと、再び静まりかえった。

さらに自分を戒めるように咳払いをする。

「こほん。あなたが学院に入学してくるのを楽しみにしていますよ」

先ほど眉間に皺を浮かべていた教官は我の肩に手を置き、ニコリと微笑むのだった。


実地試験は外で行われるらしい。

試験会場に行くと、すでに多くの騎士が待っていた。

早朝に激しい訓練をしてきたらしく、あちこちに生傷を抱えている。

その者たちを回復魔術で癒やすのが、実地試験の課題のようだ。

受験生の中には、まだ回復魔術を使えない者もいる。そういった受験生は、あらかじめ回復魔術が込められたスタッフを握り、魔力を込めて騎士を癒やしていた。当然我にそんな物は必要ない。

「さあ、回復してやろう……」

我は回復魔術を放つと、一瞬にして騎士の傷を癒やす。

それだけではない。

「す、すごい……」

「一〇〇名以上もいる騎士を一人で回復させてしまうなんて」

「素晴らしい……。素晴らしい逸材だわ」

「まさに奇跡を見ているよう」

受験生だけではない。

見ていた教官たちの目まで釘付けにし、我は実地試験も楽勝でクリアした。

「失礼します」

学力試験、実地試験が終わったあと、我は学舎にある一室に呼び出された。

聖クランソニア学院の学院長が、我に会談を申し込んできたのだ。

これは異例であることは、案内してくれた教官が教えてくれた。

部屋に通されると、ソファに腰掛けた老婆が優しげな瞳を我に向けていた。独特の雰囲気に我は一瞬圧倒される。距離は離れているのに、すでに誰かに抱かれているような強い包容力を感じた。こんなことは一〇〇〇年前を含めて初めてだ。これが回復魔術を熟達した聖女が持つ気配なのかと、驚きを禁じ得なかった。

彼女はアリアル・ゼル・デレジアと名乗る。聞いたことがある。【大聖母】と呼ばれ、聖女たちから尊崇の念を集めている聖女の中の聖女と呼ばれる御仁だ。

確かに只者ではない。我が入学した暁には、是非とも回復魔術を教授いただきたいものだ。

「はじめまして、ルブルさん。どうぞおかけになって、楽にしてちょうだい」

「失礼します」

我は言われるまま牛革のソファに座った。

ターザムの教えのとおり、脚を閉じ、背筋をすっと伸ばす。

我は緊張していた。それを見透かされたのか、アリアルは微笑んだ。

「とてもすごい回復魔術を使うと聞きました。現役の聖女も驚くほどの……」

「いえ。私などまだまだ未熟者です」

「謙遜なさらなくてもいいのよ」

「謙遜ではありません。私が未熟であることは、私がよく知っていますので」

「そう。では、なぜ聖クランソニア学院を受験なさったのかしら？」

「私の目標は一つです。回復魔術を極めること」

「極める？　話を聞く限り、あなたの回復魔術は、かなりのものだと伺っているのだけれど」

「まだまだです。先輩方にご指導いただくために、私は聖クランソニア学院を選びました。ときに、大聖母様。私に回復魔術の神髄を一つご教授いただくことはできないでしょうか？」

「回復魔術の神髄ですか……。そんなものはないわ」

「え？」

「強《し》いて挙げるなら、勉学に励み、友人と呼べる学友と出会って、そしてその友人を癒やすということじゃないかしら。回復魔術というのはね。人の身体を癒やすことはできても、人の心を癒やすことは難しいのよ」

「大聖母様でも……ですか？」

「ええ……。だから、あなたには心を癒やす回復魔術を極めてほしいわ」

「そのためにはどうすればいいでしょうか？」

「多くの人間の心に触れること……。それが回復魔術を極める一番の近道かもしれないわね」

人の心を癒やすために、人の心に触れるか。

なんだか深い意味がありそうな言葉だが、素が魔王の我にはよくわからぬ。

人間の身体を捌いて、その心とやらを引き抜き、回復させればいいのだろうか。

「ルブルさん……。ここは戦場ではないわ。学校という教育機関なの。勉学はもちろんだけど、ここで出会った人はきっとあなたの人生の財産となるわ。学友というのは、学校の中でしか絆を結べない。だから、あなたも聖クランソニア学院でしか体験できないことをなさい。そうすれば、あなたがなんのために回復魔術を極めたいのか。わかるはずだわ」

そう締めて、アリアルとの短い面談は終わった。

◆◇◆◇◆

最後の適性試験はもう始まっていた。

皆が講堂の中に入って、魔導具に手をかざしている。

鑑定系の魔術が付与されていて、手をかざすと、A～Fまでのランクが浮き上がる。

Aは最高ランク。Fは最低ランクだ。結果はエリニュームの神託として慎んで受領し、クラス分けの参考とするそうだ。

すでにほかの受験生は終わっているらしい。あとは遅れてやってきた我だけだ。

「ルブルさんが、最後だ」

「間違いなくA判定だろう」

「Aじゃなかったら、魔導具の故障だな」

「というか、もう学校で勉強する必要がないんじゃないの？」

みんなが我の判定について期待を膨らませている。

どうぞ、とばかりに教官が我に魔導具に手をかざすように促した。

早速、我は丸い水晶体の魔導具に触れる。

これで試験が終わる。おそらくトップ合格は間違いあるまい。

マリルは喜んでくれるだろうか。元々聖女の学校に行かせることには反対であったターザムも、トップ合格と聞けば考えを改めてくれよう。

さて学院に入ったら何をしよう。当然、勉学に打ち込み、修業も続ける。

そういえば、大聖母殿が言っていたな。

友と出会え、と……。

なるほど。友達を作るのも悪くないか。

魔王時代、我を友人と認めたのは、ロロ一人だけだった。

ならば、今世《こんせ》においてはもっとたくさんの友人を作るのもいいだろう。

いっそ学院全員の聖女と仲良くなるというのはどうだろうか。

そして各々の心に触れ、我の回復魔術をもって癒やすのだ。

水晶体に触れながら、我は不敵な笑みを浮かべる。

そのときであった……。

ジャアク……。ジャアク……。ジャアク……。ジャアク……。ジャアク……。

水晶体は赤黒く染まり、警鐘のように「ジャアク」という言葉を連呼する。

「な、なんと禍々《まがまが》しい」

側にいた教官が水晶体に浮かんだものを見て、震え上がった。

天を衝くような黒い光。さらに奇怪に響く『ジャアク』という言葉。

講堂は黒き光に満たされ、受験生はおろか、教官たちをも呑み込んでいく。

中心にいたのは、我だ。

どうやら、この魔導具は対象の魔力の強さを計るのではなく、宿業《しゅくごう》を探るものらしい。

人類や魔族の魂は常に輪廻を繰り返している。生き死にを繰り返すうちに、肉体は滅び、記憶は消滅するものの、魂は磨き上げられ、来世において魔力の総量として反映される。

魔力とは即《すなわ》ち魂の経験値――つまり宿業を探るとは、その総量と性質を計ることなのだ。

この魔導具は宿業の質によってランク分けしていたというわけである。

人間も面白い魔導具を作ったものだ。よもや我の宿業を見抜くとは。見事というしかあるまい。

我は魔導具から手を離した。

黒い光は収束し、警鐘のように鳴り響いていた『ジャアク』という言葉が消える。

講堂はすっかり静まり返っていた。

先ほどまでの熱狂的な雰囲気は消えている。

我に向けられた憧憬の眼差しは失せ、ただ顔には恐怖だけがこびりついていた。

第三話

こうして入学試験は終わった。

一〇日後に合否が発表され、我は聖女候補科のＦクラスに入学することになった。

合格はしたにはしたが、最底辺のＦクラスである。

なかなか厳しい結果だが、我を査定したのは一流の聖女たちだ。

その彼女たちが我をＦクラスと判定したのなら、その結果は真摯に受け止めなければならぬ。

後日耳にすることになるが、我の合格にほとんどの聖女が反対だったらしい。

だが【大聖母】アリアルの提言により、Ｆクラスの入学が認められたそうだ。もし、あのときアリアルに出会わなければ、我は聖女としてのスタートラインにすら立てていなかったろう。

トップ合格こそ叶わなかったが、聖女の学舎に入学することができた。三年間、教官殿たちの教練に打たれ、研鑽すればきっと我は回復魔術を極めることができるはず。

そのためには、まず【大聖母】アリアルの訓告どおり、友人を作るとしよう。

我は意気揚々と聖クランソニア学院の制服に袖を通し、校門をくぐった。

友達を作るために、道行く生徒全員に片っ端から声をかける。

だが、ダメだった。

（おかしい……）

社交性には自信がある。ターザムの矯正《きょうせい》のおかげで、笑顔も完璧なはずだ。なのに、生徒たちは我の顔を見るなり、「ひっ……！　ジャアク!!」という言葉を残して逃げていく。

まさかみんな、我が元魔王であることに気づいて……。いや、そんなことはあるまい。

何人か声をかけるうちにわかったが、どうやら入学試験でのジャアク騒動はすでに全校生徒に知られているらしい。悪事千里を走ると聞くが、これには元魔王である我も驚きだ。

しかし、我は諦めたくない。

回復魔術を極めるためでもあるが、我にとて憧れというものがある。

すなわち友を率い、語り、同一の目標に向かって進むことだ。

元魔王である我にそう思わせてくれたのは、何を隠そう勇者ロロとその仲間たちである。我は、ついにロロと同じ人間になれたのだ。一人で道を究めるのも悪くはないかもしれないが、できれば友と一緒に切磋琢磨《せっさたくま》してみたいと常々思っていた。

それにここは聖女を養成する聖クランソニア学院である。学院の生徒ならば、我と志《こころざし》が近しいはず。是非友とともに研鑽し、回復魔術を極めてみたいものだ。

「どこを見ていたのだ、貴様!!」

「す、すみません!!」

怒声が続き、悲鳴が我の耳を痛打する。我を含め周囲の視線の先には、我と同じ聖女候補生と武器を帯びた聖騎士候補生の姿があった。後者が倒れた前者に向かって怒鳴り散らしている。

聖クランソニア学院には大きく分けて、三つの課程がある。

すなわち我が所属する聖女候補課。

聖女の男バージョンともいうべき、神官候補課。

そして、最後に聖騎士候補課である。

それぞれ制服の色でわかるようになっていて、聖女候補生は緑、神官候補生は青、聖騎士候補生は銀という具合だ。それぞれに三年の教育課程があり、初年度を第一候補生、二年目を第二候補生、さらに第三候補生と続く。

「あれ……第三候補生のガルデン先輩だぞ」

「マジかよ、ギトロギス伯爵閣下のご子息様じゃないか」

「剣の腕も相当らしい。学科長が頭を下げて、入学をお願いしたとか」

「事実、成績はトップ」

「未来の聖剣持ちかよ……」

生徒たちの噂が我の耳に届く。なるほど。上級生に、伯爵閣下の子息か。腕も立つらしい。

確かに若いわりには、なかなかの体格だ。優れた剣士という評価も、眉唾ではないだろう。

聖剣持ちというのは、聖騎士の位において、最高位を表す。この学校を出て、聖騎士としての実績を積み重ねていけば、聖剣の所有者として認められるらしい。

聖剣か……。

人類が我を殺すために躍起になっていた時代に、製作していた対魔王兵器か。

ロロだけではなく、歴代の勇者どもががむしゃらに我に振り下ろしてきたが、どれもたいした代物《しろもの》ではなかった。最終的には魔力を吸い上げ、包丁に加工して、侍女に与えると、よく切れると喜んでいたものだ。

「すみません。慌てていて……。わたし、よく言われるんです。父に『前を見て歩きなさい』って」

「貴様の話なぞ、聞いておらん！」

「キャッ‼」

ガルデンは聖女候補生を足蹴《あしげ》にする。鋭い蹴りは聖女候補生の脇腹に当たり、さらに吹き飛ばした。激しく地面に叩きつけられ、聖女候補生はケホケホと激しく咳を繰り返す。

あの眼鏡の聖女候補生は、我と同じFクラスの同級生ではないか。

たしかハートリー・クロースという平民出の聖女候補生だと思うが……。

家が貧乏だから、寮には入らず、いつも王都の隅っこにある商家から通っているそうだ。

友達がいないのになぜ、そんな情報を知っているかだと？　当然であろう。同じクラスなのだ。友人になるかもしれない聖女候補生のことは、すでに鑑定魔術で隅々まで調べてある。

たとえば、ハートリーのスリーサイズは……。

「ちょ！　ひどくない」

「あんなことしなくても……」

「ば、バカ！　聞かれるぞ」

ガルデンは「黙れ」とばかりに睨み付ける。周囲で見ていた生徒たちが蜘蛛の子を散らすように逃げ去ってしまった。

我を除いて――だがな。

「ん？　なんだ、貴様？　見たところ、お前もこいつと同じ聖女候補生のようだが。それに……ふふ。同じFクラスか。同病相憐《あい》れむといったところか」

「そういうわけではないですよ。登校したら、あなたたちが揉めていて、そこに同級生がいたというだけです」

「で？　どうする？　この無礼な同級生を助けるのか？　はん！　オレは何も悪いことをしていないぞ。上級生が下級生をしつけているだけだ」

「しつけですか……。ハートリーさんが何をしたんですか？」

「この女がオレに当たってきたのだ」

「本当のことですか、ハートリーさん」

「え？」

我に尋ねられて、ハートリーは一瞬恐怖に顔を引きつらせる。

その後、おもむろに首を動かした。どうやら間違ってはいないらしい。

「おかげで薄汚い平民に触れられ、オレの手は穢れてしまったではないか。覚悟しろ、ゴミめ。制裁してやる」

「制裁？　しつけではなかったのですか？」

我は肩を竦め、微苦笑を浮かべる。

まったく貴族というヤツらは、どうしてこう頭が悪いヤツらばかりなのだろうか。

マナガストから我がいなくなり、すでに世界は一〇〇〇年も経過しているというのに、依然として種族間のわだかまりが残っているらしい。人類同士の間でも、貴族だの平民だのと罵《のの》り合っているのだからな。これでは永遠に恒久平和など望めぬだろう。それにはまず生家によって人生が決まる身分制度改革の実施が必要不可欠だ。生まれながらにして権力の強さが決まるなど、我からすれば馬鹿馬鹿しいこと、このうえない。

聖クランソニア学院においても同じことがいえる。上級生云々《うんぬん》など関係なく、爵位の上下こそ絶対という考えが根強いそうだ。とくにこの学院は、我に転生の法を施した聖霊を崇める、エリニューム教が運営母体となっている。そのエリニューム教の運営資金は貴族の寄付だ。

おのずと貴族に対して、甘くなるのも無理はない。

「その銀髪……。端整な顔立ち……。お前、もしかして噂に聞くルブル・キル・アレンティリだな。そうか。貴様があの『ジャアク』か」

ぴくっと、我はこめかみを動かした。我の反応を見たガルデンは大口を開けて笑う。

「エリニュームの水晶がジャアクと判断した新入生が、オレに何をしようというのだ。もしかして、同級生を助ける？　おかしいな。邪《よこしま》な心根《こころね》とは対照的ではないか」

「なるほど」

「ん？」

考えもしなかった……。

そうか。ここでハートリーを助けてやれば、我に感謝し、友になってくれるかもしれぬ。それに善行を積めば、我に関する黒い噂もいずれ晴れるであろう。

頭が悪いなどとまさに頭から決めて、すまぬ、ガルデンよ。

どうやら貴様は頭がいい貴族であるらしい。願わくば我の名誉を回復するための礎《いしずえ》となってくれ。

「そうです。私、ハートリーさんを助けにきました」

「ジャ――――る、ルブルさん……。わたしなんかのために」

ハートリーの目に涙が浮かぶ。

人間が哀願する表情はいくつも見てきた。魔王であったときは、なんの感慨もなく拳をぶつけていたものだが、今は違う。友のために戦うとは、存外清々《すがすが》しいものだ。なるほど。ロロはこういう気分を味わいたくて、勇者という役目を担っていたのかもしれぬ。

「くははははは！　いいだろう。オレがジャアクをここで成敗してやる」

ガルデンは背中に背負っていた武器の封印を解く。

現れたのは、拳甲《セスタス》だ。それもただの拳甲ではない。

外見は厚い金属に覆われ、拳骨から肘まで守るように作られている。

さらに特定の魔術が施されていた。

「たしか……。武器の封印解除は、授業以外ご法度《はっと》だったはずですが……」

「オレは特別だ。学科長に許可をもらい、いつでも封印を解くことができるんだよ」

ガルデンはニヤリと笑う。

「私は構いませんが、あとで負け惜しみを言わないでくださいね」

「負け惜しみだと‼」

「たとえば、その拳甲の性能が悪かったとか」

「何だと、この野郎！　かわいい顔をしているからといって、手加減を期待するなよ。親に見せても、我が子とわからないぐらいグチャグチャにしてやる」

ガルデンは我に飛びかかろうと構える。

その前に我は手を出して、戦闘態勢に入ったガルデンを止めた。

「ガルデン先輩、その前に先ほどハートリーさんと接触し、怪我をされたと」

「怪我？　些細なことだ。ちょっと触れただけにすぎぬ」

「あとで怪我をしていて本気を出せなかったなどと言われても困りますので、回復させていただきます」

「回復……？」

「ええ……。そうです」

〝回復してさしあげましょう〟

我は回復魔術を放つと、白い閃光がガルデンを撃ち抜いた。

「な、なんだ、この力は？　ただの回復魔術じゃねぇ。力が……力が溢れるるるるるるうううう！！！！」

ガルデンは絶叫する。

白い光の中から現れた上級生は、気力、体力、そしてその表情ともに充実していた。

「すばらしい。この力、すばらしいぞ！　この力があれば、今すぐにでも学院のトップになることができる。【八剣《エイバー》】のヤツらとて目ではないわ!!」

ギィンとガルデンの瞳が光り、真っ直ぐ我のほうに向けられた。

まるで獣が獲物を追い詰めるようにユラユラと揺れる。

「何を考えているかは知らぬが感謝しよう、ルブル……。いや、ジャアク。なるほど。貴様はどうやら、人を力で堕落させる悪魔らしい。ならば、聖騎士候補生としてオレはその力を以て、祓わねばならん。――死ね、ジャアク!!」

ついにガルデンが飛びかかってくる。

まあ、悪くはない動きだ。

だが――――。

「弱い……」

「へ？」

ゴッッッッッッ!!

勝負は一瞬であった。

襲ってきたガルデンに向かって、我は拳を伸ばす。

それは吸い込まれるようにして、ガルデンの頬に突き刺さった。

交差打法が見事に決まる。

さらに拳の軌道を地面へと傾けると、ガルデンの顔面は学院の煉瓦道に突き刺さった。

ガルデンはピクリとも動かなくなる。どうやら失神したらしい。

一撃での決着に、遠巻きに我とガルデンの対決を見ていた野次馬たちがどよめく。

「すげぇ、あのガルデン先輩を」

「一撃だぞ」

「さすがジャアク……。強《つ》ぇえ」

我を称賛してくれているのか。嬉しいことではあるが、虚しい響きだ。

ガルデンはあまりに弱かった。だが、それ以上に我の回復魔術の未熟さを痛感させられる。

なぜならガルデンの弱さを、我は回復させることができなかったのだからな。

「はあ……。あまりに弱い……。未熟だ」

我は深い深いため息を吐く。

「弱いって……。さらに追い打ちをかけてるぞ」

「倒れた相手を罵倒するなんて」

「ジャアクだ。ルブル・キル・アレンティリは邪悪な存在だ」

そういえば、ハートリーさんは大丈夫だろうか。

振り返ると、我を見て肩を震わせていた。上級生、しかも貴族に怒鳴られたのだ。さぞかし心の傷を負ったことだろう。これは我の出番かもしれない。早速、ハートリーさんの心の傷を、我が回復魔術で癒やすのだ。そうすれば、もしかして友になってくれるやもしれぬ。

「大丈夫ですか、ハートトリーさん。今、回復させますね」

「あ、あ、あ……」

「あ？」

「あの……。う、うう後ろ！」

そこでようやくハートトリーさんが我ではなく、さらに後ろにいた人物に目を向けていることに気付く。振り返ると、あのガルデンが起き上がろうとしていた。

おお！　起き上がれるのか、ガルデン。てっきり一撃で倒してしまったと思っていたのに。

全力の一〇〇〇〇分の一ぐらいで殴って失神したので、我の回復魔術のセンスに軽く絶望したのだが、どうやら少しずつではあるが、改善してきているらしい。聖クランソニア学院に通い始めて、まだ数日。どの授業も我が課していた修業と比べれば児戯に等しいものであったため、これで強くなれるのかと疑問に思ったこともあったが、もしかしたら我も知らぬうちに回復魔術に磨きがかかっていたのかもしれぬ。いい兆候だ。俄然やる気が湧いてきた。

そのガルデンはまるで生まれたばかりの子鹿のように脚を震わせ立ち上がる。その頬は林檎《りんご》を含んだように腫れ上がり、歯が数本抜けていたものの、眼光の鋭さは変わっていない。

我の一撃に怯《ひる》むこともなく、逆にこの世のすべての憎悪をため込んだ顔で絶叫した。

「ルブル・キル・アレンティィリィィィイイイイ!!」

たいしたヤツだ。脳が揺さぶられ、まともに喋ることすら難しいだろうに。

これは称賛に値する。褒美を与えなければならないな。

「貴様、こんなことをして、タダで済むと思っているのか⁉　オレは伯爵の子息だぞ」

我に言い放った後、今度は横で震えているハートリーを睨んだ。

ガルデンの眼光を受け止めたハートリーは「ひっ」と短く悲鳴を上げる。

魂が抜けたように脱力し、半分意識を失いかけていた。

「平民の娘！　貴様もだ！　両方まとめて――――」

「これでよし。傷は治しておきましたよ」

我は銀髪を揺らし、首を傾げた。

「はあ？　何を言っている、ルブル！　いや、ジャアクよ‼　オレに傷を負わせ………た
……こと………を……――――あれ？」

ガルデンは慌てて手を頰に当てる。

先ほどまで真っ赤に腫れ上がっていた頰が治っていた。

「い、いつの間に？」

「ですから、たった今です」

「貴様！　そうやって証拠を封じるつもりか。バカめ！　これを見ろ。先ほどオレが地面に叩きつけられた跡が――――！」

ガルデンが指差す。

そこに綺麗に舗装された赤煉瓦の通学路が広がっていた。

「な――――――‼」

ガルデンは息を呑む。

「い、いつ？」

「一緒に直しておきました。ガルデン様の頬と一緒に」

「な……直した……。な、なんなんだ、お前………」

なんなんだ、と言われても……。褒美にガルデンの頬を治して、あとで教官殿に怒られるとまずいから、道を回復魔術で修理しただけなのだが。なぜ、ガルデンはこんなに怯えているのだろうか。

ああ。そうか。ガルデンもまた教官に見つかるのが怖かったのだな。

人を安心させるには笑顔であろう。ここは我の極上スマイルをお見舞いすることとしよう。

「大丈夫ですよ、先輩。教官には黙っておきますから（ニコッ！）」

「ひっ‼　貴様、まさかすでに教官の口封じまで」

我ながら完璧に決まったと思ったが、ガルデンから漏れ聞こえてきたのは悲鳴であった。

さらに一歩、二歩と後ずさる。先ほどまでの威勢はどこへいってしまったというのか。

まるで我を怪物でも見るかのように、怯え始める。

「口封じ？　なんのことでしょうか（ニコニコ）」

「そ、その笑みは……。貴様、一体どこまでこの学院のことを掌握しているのだ？」

「掌握⁇」

「お、恐ろしい……。こんな女が子爵令嬢に……いや、いやFクラスにいるなんて。やはり貴様はジャアクだ……。ひっ！　ひいぃいいぃいぃいいぃいいぃいぃ！」

悲鳴を上げて、ガルデンは逃げていった。

ん？？？？　おかしい。何がいけなかったのだ？

これ以上にないくらい安心させる笑顔だったはずだが……。

まあ、良い。何はともあれ同級生が無事だったのだ。

まずは良しとしようではないか。なあ、ハートリーさん。

「きゃあああああああ!!　ジャアクゥウゥウゥウウウウウウ！！！」

ハートリー、お前もかぁぁぁぁぁあああ……。

我から遠ざかっていく上級生と同級生を、呆然と見送る。

しばらく立ち尽くすと、春にしては珍しい寒風が、我の前を通っていった。

第四話

「ご機嫌よう、皆さん」

Ｆクラスの扉を開け、我は最高のスマイルを浮かべる。

だが、クラスメイトから景気の良い挨拶が返ってくることはない。

我が扉を開ける直前まで騒がしかったはずなのに、我が教室に入ってきた瞬間、水を打ったように静まり返ってしまった。ピンと緊張感が張り詰めていくとともに、みんなの顔がまるで今から戦争にでも向かうかのように強張っていく。

もうすぐ授業が始まる。これぐらい緊張感があって然《しか》るべきなのだろうが、こんな状況が入学してからずっと続いていた。一度でいい。同じ屋根の下で勉学を修める聖女候補同士、膝を突き合わせ語り合いたいものだ。

よもや人間に転生しても、魔王時代のように恐れられるとは思わなかった。

同窓の友たちと仲良くなれずとも、我が回復魔術を極めるという目標は変わらぬが、このままにしておくのも、居心地が悪い。

なんとか、この状況を打破することはできぬだろうか。

◆◇◆◇◆

「友達を作りたい!?」

相談したのは、我の母マリルだった。

娘の銀髪を丁寧に梳きながら、素《す》っ頓狂《とんきょう》な声を上げる。

今、我は実家にいる。

聖クランソニア学院には寮もあるが、我は実家から通うことにした。寮でも良かったのだが、我がまだ五歳ということもあって、心配したマリルが通学を希望したのである。

アレンティリ領の実家と王都は馬車で三日という距離にあり、通学は、ちと難しい。

なので、我は次元魔術を使い、こっそり元々住む予定だった寮の部屋と実家を繋げたのだ。

これによって、我は寮にも行き来しつつ、実家から通うことが可能になったのである。

母マリルは手を止める。その顔は真っ青になっていた。

「ルブルちゃん、もしかしていじめられているの？」

「母上、ご心配なく。ルブルはいじめられてなどおりません」

恐れられてはおるようだがな。

「良かった。ルブルちゃんはまだ五歳だから。年上の人にいじめられているのかと思ったわ」

「努力はしているのですが、これがなかなか……。話しかけようとしても、タイミングが難しくて」

「わかるわぁ。初めての学校だと、なかなか難しいわよねぇ」

「何か良いお知恵はありませんか、母上」

「ふっふーん。任せて、ルブルちゃん」

マリルは、こそこそを耳打ちする。

べつに今は、二人しかいないのだから、耳打ちする必要などないのだが……。

相変わらず思考が読めない母上である。

我はすべてを聞き終えたのだが、浮かんできたのは疑念であった。

「それでいいのか？」

「ルブルちゃんはかわいいから。それでイチコロよ」

シャキーン、とマリルは親指を立てるのだった。

◆◇◆◇◆

次の日。

我はマリルのアドバイスを実行するべく、校舎の入口で待ちかまえていた。

ターゲットは、同じFクラスのハートリーだ。

この前は逃がしてしまったが、今日という今日こそ、彼女を友達にしてみせる。

そう固く誓っていると、早速ハートリーの姿を見つけた。やや俯き加減で、いつも肩身が狭そうに歩くのは、癖なのだろうか。それにちょっとした物音でもビクッとなって驚いている。

普段があれでは、戦場でスライムにすら侮られるであろう。

今はそんなことはどうでもよい。我はハートリーと友達になりたいのだ。

「ハートリー！」

「ひっ！　ジャ――――じゃなかった、ルブルさん？」

我はハートリーとの距離を詰める。

ハートリーは後ろに下がったが、足がもつれ、そのまま煉瓦道に倒れてしまう。

強《したた》かに頭をぶつけてしまった同級生に、我は手を差し伸べなかった。

代わりにハートリーの耳の横で両手を突き、馬乗りになって顔を近づける。

ハートリーはかちかちと歯を鳴らしていた。その顔に我の銀髪が銀砂のように落ちてかかる。

「おい！　ジャアクが女子生徒を押し倒しているぞ」

「誰か助けてやれ」

「いや、無理だろ。この前、ガルデン先輩に勝ったんだぞ」

「……でも、ちょっと萌えるかも」

外野の声がうるさかったが、我はすべて無視した上で、ハートリーに声をかける。

昨日マリルに梳いてもらった銀髪を垂らし、赤い瞳をできるだけ真摯に向けた。

「いたたたたた……」

ハートリーは苦痛を訴える。どうやら倒れたときに打った頭が痛いらしい。

これはすまぬ。今すぐ回復してやろう。

我は回復魔術を使うと、ハートリーは全回復した。

苦痛を訴えるよりも、なぜ急に我が回復魔術を使ったのか不思議に思っているようだ。

キョトンとするハートリーに迫り、我はその頬を撫でる。

我に触れられた途端、ハートリーは息を止めた。

「ハートリー……」

「は、はひ……」

「私の友達になってよ」

「え？」

『え？？？』

ハートリーだけではない。周りからも同じ言葉が聞こえた。

そのハートリーはというと、顔を真っ赤にしている。

身体を身じろぎさせ、モジモジさせながらかすれるような声で言った。

「…………よ」

「聞こえなかった……。もう一度――」

「…………い、いいよ」

「ありがとう」

我はハートリーを思いっきり抱きしめた。

やった！　マリル、成功だ。ついに我にも友達ができたぞ！

こうして我はハートリーと友となった。そのことはなぜか学院に朝のうちに広まり、ハートリーは我の『恋人《おんな》』と呼ばれるようになる。

おかしい。ハートリーは恋人ではないのだが……。


放課後。

我はいつもどおり鍛錬を終え、下校することにした。

ひとまず寮に到着すると、我の部屋の前に人影が立っていた。

曲者《くせもの》と一瞬見間違ったが、驚いたことにハートリーだった。

どうやら、我の部屋の前でずっと待っていたらしい。

「は、ハートリーさん……？」

ハートリーは王都の貧乏商家の娘だ。寮ではなく、王都の端っこにある自宅から通っている。

学生寮にいるのは、どう考えてもおかしい。くわえて言うなら、ハートリーは薄着だった。

露出も強く、新雪のような肌をさらし、スカートも短くて中の下着が見えそうだ。

我が父ターザム風にいうなら、じつにけしからん姿をしている。

「そのお姿はどうしたんですか？」

「その……。パ……父にルブルさんのことを相談したら……」

「したら……？」

「覚悟を決めろ、と……」

な、何を？　何の覚悟を決めて、そんな生け贄の娘みたいな恰好させるのだ？

そもそも我は悪魔でもなければ、邪神でもない。

大魔王で、今は聖女だぞ。

「ハートリーさん」

「は、はい」

「私の家に来ますか？」

「へ？　家って……？　ここ寮ですよね」

「百聞は一見にしかず。どうぞ入ってください」

このままでは風邪を引いてしまう。我は部屋の扉を開け、ハートリーを招き入れる。

現れたのは、アレンティリ家の屋敷の玄関だった。

「えええええええ!!　ど、どうなってるの？」

ハートリーは聞いたこともないような大声を上げる。

いつも下を向いて、自信なさげにボソボソと喋るハートリーにしては珍しいことだ。

どうやら、我の家に来てテンションが上がったらしい。満足していただいて何よりだ。

「ルブルちゃん、お帰りなさい。あら？　こちらの方は？」

奥から我らを出迎えたのは、マリルだった。

すぐ我の横のハートリーに目がいく。

「母上、こちらは私の学友のハートリー・クロースさんです」

「まあまあ!!」

マリルの瞳が、宝石を見つけたかのように輝く。

「ルブルちゃん、友達ができたのね」

「母上の偉大な教えのおかげです」

「マリル・キル・アレンティリと申します。ルブルちゃんをよろしくね、ハートリーちゃん」

「は、はい……。こ、こちらこそよろしくお願いします、お母様」

「やだ！　お母様なんて。まるで娘が二人できたみたい。……ターザム！　降りてきて。ルブルちゃんが、お友達を連れてきたわよ」

「なにっ!?　友達だと!!」

バンと二階でドアを蹴破るような音がした。

慌ただしい足音が二階の廊下を通って、階段を駆け下ってくる。

我が父ターザムが、荒い息を吐き出して現れた。

間髪を容れず、がっしりとハートリーの肩を掴む。

「君！　どこの家の令嬢だね？　爵位は？」

「え？　えっと……。えっと……」

「お兄さんはいる？　だったら、うちの娘を――――」

コォオンン!!

目を血走らせていたターザムが、一転して白目を剥く。

ずるりと体勢を崩し、玄関に倒れた。

「おほほほほ……。ごめんなさいね、ハートリーちゃん。うちの人、見境がなくて」

マリルは後ろ手にフライパンを隠して、笑う。

さすがはマリルだ。この世で一番強いのは、やはり我が母だな。

「お詫びといってはなんだけど、うちでご飯を食べていかない？　ちょうど今から夕食なの」

「え？　でも――――」

「遠慮しないで、ハートリーさん」

我はがっしりとハートリーの両手を掴む。

また「ひっ！」と悲鳴を上げたが、ハートリーが拒否することはなかった。


本日、我が家の夕餉はシチューである。

アレンティリ家の特産でもあるジャガイモがゴロゴロ入っていて、さらに人参、玉葱、キノコとじつに彩り豊かな食材がそろっていた。

シチューは我の大好物だ。野菜など栄養価の高い食べ物を一気に食べることができる。

何より身体が温まり、内臓にも優しい。

それに今日のシチューはひと味違う。

「あら。今日は鶏肉が入っているのですね、母上！」

我は思わず目を輝かせた。

子爵といえど、アレンティリ家は貧乏田舎貴族だ。

こうやってお肉が食卓に並ぶのは、何か祝い事があるときぐらいである。

「今日は、ルブルちゃんがお友達を連れてきたので、奮発しちゃいました」

「母上、ありがとうございます」

「ハートリーちゃんも冷めないうちに食べてね」

マリルがスープ皿に溢れんばかりに注いだシチューを差し出す。

ハートリーはしばらくの間、ぼんやりとそのシチューを眺めた。

「大丈夫ですよ、ハートリーさん。毒とか入っていませんから」

「ひっ!!」

「ルブルちゃん、そんなことを言うもんじゃありません。ハートリーちゃん、怖がってるでしょ」

「すみません、母上。一度で良いから言ってみたかったのです」

学院では一人で食べていることが多かった。いや魔王であるときも食事はいつも一人だ。

だから、こうやって冗談を言いながら食べる者たちの姿を見て、時折羨ましく思っていた。

だが、今日は違う。我の側にはハートリーがいる。

うん！　うまい！　今日のシチューは格別だ。

鶏肉が入っているのもそうだが、きっと友達《ハートリー》と一緒に同じ釜の飯を食べているからだろう。

本当に彼女が来てくれて良かった。

「ハートリーさんも遠慮なく食べてくださいね」

我は夢中になって掻き込む。その様子をしばし見つめていたハートリーは、ついに木のスプーンを手に取り、シチューに口をつけた。

「おいしい……！」

「でしょ？　アレンティリ家のシチューは世界一です」

「むふふふ……。隠し味はチョコレートよ」

マリルは誇らしげに話す。

普段は炊事場を担う家臣が作るのだけど、シチューのときはマリル自ら腕を振るうのだ。

食欲が出てきたのか、ハートリーの食事ペースが次第に上がっていく。

きっとお腹が空いていたのだろう。口の端にシチューをつけながら、夢中で頬張っていた。

やがて我らはそろって、シチューを完食する。

「おいしかったですか、ハートリーさん」

「うん！　とってもおいしかった！」

ハートリーは今日一番の笑顔を我に見せてくれる。

「よかった。やっとハートリーさんの笑顔を見られたわ」

「え？　笑顔？」

「ハートリーさん、私と顔を合わせるたびに、悲鳴を上げたり、逃げたりするから」

「ご、ごめんね。わ、わたし――――」

「大丈夫。悪気があってのことじゃないってわかっているから」

「ももも、もちろん!!」

ちょっと恐縮げにハートトリーは頷く。

すると、離席していたマリルが戻ってきた。

「じゃっじゃーん。今日はもう一品、奮発しちゃうわよ」

木のトレーの上で震えていたのは、狐色した魅惑の食べ物だった。

「おお！　プリン!!」

シチューが好物だとするなら、プリンは我の大大大好物だ。

サキュバスの乳房よりも、柔らかな食感。

ドリアードから漏れる樹液よりも濃厚な甘さ。

ゴルゴーンの蛇髪以上に、舌に絡まるキャラメル。

それらが三位一体となったプリンは、至高の一品といっても過言ではなかろう。

「はうぅ〜〜」

早速、口をつけてみると、思わず吐息が漏れた。

口の中で溶けていくような食感。

魅惑の甘さと、蜜のように垂れるキャラメル。

うまい……。まさに至高。許されるなら、来世はプリンになりたいものだ。

「ふふ……」

「またハートリーさんが笑った！」

「ご、ごめんなさい」

「だから、べつに謝るようなことじゃないですよ」

「その……。意外で……」

「意外？」

「ルブルさんって、その……私にとって雲の上の人っていうか。遠い人っていうか。お姫様みたいにかわいいし、貴族だし、別世界の人間っていうか」

む？　ハートリーは我をそんな風に見ていたのか。

単純にほかのみんなのようにジャアクな存在と思われていたのかと推測していたのだが。

友人と会話していると、マリルが目を細め、優しげに微笑んでいることに気づいた。

「ふふふ……。でも、家の中のルブルちゃんはどう見えた？」

「普通の……そう――普通の女の子って感じがしました」

「とってもかわいいでしょ？　ちょっと変わったところもあるけど、それがまた愛嬌があっていいのよ」

マリルの親バカっぷりはとどまるところを知らない。

そのマリルは、唐突に手を叩いた。

「そうだ！　ハートリーさん、今日はうちに泊まっていきなさいな」

「え？　でも、ご迷惑じゃ……」

「うちは大丈夫よ。ハートリーさんの家には、こっちから手紙を送りましょう。ルブルちゃん、あとで使い魔ちゃんを使って手紙を送ってくれるかしら」

「つ、使い魔？　ルブルさん、使い魔がいるの？」

「心得ました、母上！　ハートリーさんと食事して、一緒に泊まれるなんて夢のようです」

我は天にも昇る気持ちで、ガッシリとハートリーの手を取る。

「今日は一緒に回復魔術のことについて語り明かしましょう！」

「え？　はい……………え？　か、回復魔術⁇」

こうして、我はハートリーとともに、同じ屋根の下で一夜をともにするのだった。

◆◇◆◇◆　ハートリーの気持ち　◆◇◆◇◆

食事を終え、一緒に湯浴みをし、寝床に入ると、そこからはルブルの独演会だった。

朝まで続くかと思ったが、独演会は唐突に終わりを告げる。

まるでスイッチが切れたようにルブルが寝てしまったのだ。

鍛錬のために規則正しい時間に寝て起きるという生活が身に染みついているルブルは、就寝時間がくると自動的に寝てしまうのである。

一方、ハートリーは眠れないでいた。ルブルにとっても初めて招いた友達とのお泊まり会だったのだが、それは内気なハートリーにとっても、初めての体験だった。

「眠れない？」

尋ねたのは、ルブルの寝室に入ってきたマリルだった。

愛娘の顔を見るなり、穏やかに微笑む。ルブルの寝顔は絵に描いたように幸せそうだった。

その顔を見て、ハートリーは少し俯く。

「あの……。本当に私なんかが友達になっていいのでしょうか？」

「どうして？」

「ルブルさん、学校ではみんなから恐れられていて……。でも、先輩と揉めていたわたしをルブルさんは助けてくれたんです。そのとき、いろいろなことが起こって、頭で整理できなくて、その……結局私、逃げちゃったんですけど」

「まあ！　そんなことがあったの」

「でも、私……。ルブルさんに何もしてあげられなくて。今日、ルブルさんが普通の女の子なんだって、みんなに教えてあげられたらいいんだけど、わたしの言葉なんて誰も――」

ハートリーは息を呑んだ。

マリルがギュッとハートリーを抱きしめたからである。

そのマリルは子どもをあやすように、ハートリーの頭をなでた。

「いーこ。いーこ。ハートリーちゃんの両親は、とっても良い子にハートリーちゃんを育ててくれたのね」

「いえ。私は………」

「今日のルブルちゃんを見てわからない？」

「え？」

「こんなに嬉しそうなルブルちゃん、久しぶりに見たわ。そうね。学院の入学試験の許可をターザムからもらったとき以来かしら。……あなたは何もしてないなんてことはないわ、ハートリーちゃん。ルブルちゃんの友達になってくれた。ルブルちゃんも、それで十分だって思っているわよ、きっと」

「お母様」

「よしよし。本当に娘が二人できたみたいで嬉しいわ」

マリルは聖母のように、目を腫らしたハートリーを抱きしめるのだった。

◆◇◆◇◆

次の日。ハートリーは朝早くアレンティリ家を発ち、一度自宅に戻った。

登校時間となり、我はいつも通り学校に登校すると、校舎の前にハートリーが立っていた。

「おはようございます、ハートリーさん。も、もしや、私を待っててくれたのですか？」

我は挨拶するが、ハートリーからは何も返ってこなかった。

肩を狭め、顔を俯き加減のまま固定している。学生鞄を持った手は小刻みに震えていて、ジャアクと我を恐れていたあの頃のハートリーに戻ったかのようだった。

ゆっくりとハートリーは顔を上げる。また青ざめているのかと思ったが、違った。

なぜか、真っ赤になっていたのだ。

「お、おはよう。る、ル・・・ルーちゃん！」

「る、ルー………ちゃん…………？」

思わず我は唖然としてしまった。

マリル以外に、まさか元魔王である我を「ちゃん」付けで呼ぶ人間が現れるとは思わなかったのだ。しかも、「ルー」とさらに短くされて……。

「ふふふ……」

「おかしかったかな？」

ルブルだから「ルーちゃん」か。なんと安直の極みよ。

でも悪くない。むしろとっても嬉しい。他ならぬハートリーが付けてくれたのだからな。

ゆえに我はこう返してやった。

「そんなことはありませんよ、ハ・・・ハーちゃん」

「────ッ！」

「ハートリーちゃんだと長いので、私も渾名《あだな》で呼ぶことにしました。如何《いかが》でしょうか？」

「うん。と、とってもいいよ、ルーちゃん」

「では、よろしくお願いしますね、ハーちゃん」

「うん。よろしくね、ルーちゃん」

こうして我に、友達第一号ができたのだった。

第五話

「またね、ルーちゃん！」

「さようなら、ハーちゃん」

我とハーちゃんは、寮の前で別れの挨拶を交わす。

悪くない。これこそ我が描いていた学院生活の極みである。

学院から寮までの道のりは決して長くないのだが、それでも一人で帰っていたときよりも、ずっと充実しているように感じる。

魔王のときは天涯孤独だった。むしろ徒党を組む者を冷たくあしらうこともあった。

孤独を好んだのは我なのだから致し方ないが、今は我の黒歴史となりつつある。

あえて言おう。友達は最高であると……。

そうなると魔王も人間と同じである。欲が出るものだ。

もっといろんな者たちと友達になりたい。一緒に登下校し、ご飯を食べて、勉学に励む。

ともに切磋琢磨し、回復魔術の深淵を極める。

我はそう願い、どうしたら最善か考えるようになった。

今日もそのことを考えながら、学生寮に戻ろうとしていたとき、我は道端で蹲《うずくま》る老婆を見つけた。

見かけない顔だ。おそらく学院を訪れた来賓であろう。

我は学舎に残って、ハーちゃんと一緒に自習していたため、もう夕方だ。

生徒はすでに学生寮に戻り、教官殿の姿もない。

校舎はがらんとしていて、赤い夕日の光と細く長く伸びた我の影があるだけだった。

「どうしました？」

見たところ、老婆は足をくじいたらしい。

目が悪いようで、そのせいで道の凹みに気付かず、躓《つまず》いてしまったようだ。

老婆の足の容態を見て、我はピンときた。

仮に我が老婆の足を治せば、同窓の友の見る目が変わるのではないか、と。

善行を積むことは人の信頼に繋がると、母マリルが以前から我に言って聞かせてきた。

今回だけではなく、困っている者を助けていけば、みんなの見る目も変わるのではないか。

「私がお婆さんの足を治してもよろしいでしょうか？」

「あなた？　ここの生徒さん？」

「はい。まだまだ未熟者ですが」

「じゃあ、お願いできるかしら」

我はふんと息を吐き、気合いを入れる。

回復箇所は足の捻挫だ。油断はできぬが、この程度の負傷など、転生する前に何億と治してきた。しかし、慣れているからといって、手を抜くなどあり得ぬ。最高の回復魔術を施術してみせよう。

我は手に魔力をためる。強く、強く、強く、時に禍々しいぐらい魔力が爆《は》ぜる。

放課後の校舎が白く染まる中、老婆は我に質問する。

「あ、あの……。捻挫を治すのに、そんなに魔力が必要なの？」

「ご心配なく。すぐ立てるようにしてみせますよ」

「え？　ちょ……。本当に………？　だいじょう……」

手の中で十全に魔力を練り、我はいよいよ患部に向かって掲げる。

狙いを定め、我はありったけの魔力を解き放った。

〝さあ、回復してやろう！〟

空が、大地が、そして我と老婆が、白く染め上げられる。

膨大な魔力は回復魔術の餌となり、老婆を包んだ。

完璧だ。我ながら寒気がするぐらいに、完全に回復魔術は発動した。これならば、立つことは愚か、あと二〇年、いや三〇年は長生きできるはずである。

やがて魔力の光が止《や》む。再び夕闇の聖クランソニア学院の敷地に、我らは戻ってきた。

「これで治っているはずです」

「は～～あ……。びっくりした。足の怪我が治る前に、心臓が飛び出るかと思ったわ。あ、ありがとうね、お嬢ちゃん。回復魔術ってずいぶんと大げさなのね」

「心臓が飛び出る？　それはいけません！　もう一度、回復魔術を！」

「い、いいのよ。十分だから。ちょっとあなた、おかしな子ね。回復魔術っていうよりは、攻撃魔術みたいだったけど。じゃあ、よっ――――あれ、痛ッ!!」

老婆は顔を歪め、また足をさする。

見ると、足の炎症はまったく治っていなかった。

む？　あれ？　もしかしてこれは……。

「あらあら……。治ってないみたいね」

「すすすすみません。も、もう一度――」

「い、いいのよ。ありがと。……さっきのを見たら、今度こそ心臓が口から出ちゃいそうだわ」

老婆はぼそっと呟く。

くっ！　まさか捻挫如きを治せぬとは……。油断？　いや、違う。たとえ油断であったとしても、それもまた我が未熟だったということ……。捻挫だと侮った我の心が、未熟だったのだ。

「すみません。あのせめて家まで送らせてもらえないでしょうか？」

「家まで？　でも、私の家――ここからだとちょっと遠いわ。馬車を使わないと」

「大丈夫です。失礼します」

我は軽々と老婆を背負う。

「あらあら。お嬢ちゃん、力持ちなのね」

「鍛えていますから。さあ、どこですか？」

「じゃ、じゃあ……お言葉に甘えようかしら、あっちよ」

「わかりました。あっちですね」

我は老婆を示したほうを向く。ぐっと足に力を入れると、思いっきり跳躍した。

高度は上がり、一瞬にして王都にある、あらゆる建物より高い場所に到達する。

空を望むと、徐々に姿を現し始めた星々が瞬いていた。

「ひゃあああああああああ!!」

我におぶられた老婆が悲鳴を上げる。

「大丈夫ですか?」

「あ、あなた……。ずいぶんと高く飛べるのね」

「はい。鍛えてますから」

「今時の聖女はどんな鍛え方をしているのかしら。それにしても、きれいね」

老婆は夜空に浮かぶ星を見て、子どものような声を上げて感動していた。

気持ちはわかるぞ。

昔と比べて、ずいぶん様変わりしたが、それでも星々の輝きは、いつ見ても綺麗なものだ。

回復魔術に失敗してしまったが、この星の輝きは老婆へのせめてもの慰めになるであろう。

しばし、我は老婆と一緒に夜空の星を楽しむのだった。

◆◇◆◇◆

ルブルは老婆を家まで送り届ける。

家の前には、老婆の帰りを待っていた使用人が立っていた。

老婆を引き渡し、ルブルは帰ろうとするが、寸前で止められる。

「あなた、お名前は？」

「ルブルです。じゃあ、また。お元気で、おばあ様」

ルブルはスカートの端を摘まみ、優雅に一礼する。

踵《きびす》を返し、そのまま風のように去って行った。

「面白い子だったわね。聖女としては未熟のようだけど。それにしても今日の星はきれいね」

満天の星に目を細める。老婆の異変に、最初に気づいたのは使用人だった。

「大奥様……。もしや目が……」

「え？　あら？　あらあら。そう言えば……」

老婆は突如狼狽《うろた》えるのであった。

◆◇◆◇◆

次の日。

我はまだ昨日のことを引きずっていた。

怪我をした老婆を自宅まで送り届けたことは決して悪いことではない。

しかしあのとき、老婆の足の怪我を治せたほうが、もっと良かったはずだ。無念だ。未熟ゆえ、もっと研鑽を積まなければ……。

我が落ち込んでいる一方で、聖クランソニア学院の校門前は何やら騒がしい。通学路に人だかりができていた。覗き見てみると、二人の男女が仁王立ちしている。まるで対戦相手を待ち構えるかのように威風堂々としていた。

男のほうはかなり背が高い。さらに肩幅は広く、胸板も厚い。良い筋肉だ。質のいい鍛錬を行っていた証拠であろう。貴族の正装を纏っているが、元は軍人であったことは間違いない。その証拠に眼光は鋭く、獲物を探す肉食動物のような佇まいをしていた。

ふむ。なかなかできるな、あやつ。

「あれって、ゴッズバルド元大将じゃない？」

「あの伝説的な英雄の？」

「カシス戦役で一〇〇〇匹の魔物を一人で倒したって」

「学院になんの用だ？」

「もしかして、スカウトとか？」

ゴッズバルド元大将？　どうやらそれなりに名のある英雄のようだな。

様子を窺っていると、側に立っていた女が我のほうを指差した。

「あ、あの方です!!」

ん？　あの女……。確か昨日老婆を送り届けたときに、屋敷の前に立っていた使用人だ。

　すると、使用人とゴッズバルドはこちらに向かってくる。それも全速力でだ。なまじゴッズバルドのほうが我より身体が大きいゆえ、まるで戦車が襲いかかってくるかのようであった。

　な、なんだ？　このプレッシャーは！

　は？　まさか昨日、我が回復できなかったことに腹を立て、報復に来たのか。

　それとも我を大魔王ルブルヴィムと知り、討伐に？　面白い。我が転生して一〇〇〇年。よもや我を魔王と知って刃向かう古強者がいるとはな。かかってくるがいい。全力でまずは回復してやる。

　何もわからず、我は構えを取った。

　すると、突如使用人とゴッズバルドとやらはキュッと我の前で立ち止まり、大きく胸を反る。

　我には何かを振りかぶるような動作に見えた。

（来るか……）

　どんな攻撃がこようとも、すべて捌ききってみせよう！

　我は回復魔術を放とうと魔力を込めたとき、ゴッズバルドは思わぬ行動に出た。

「ありがとうございましたぁぁぁぁぁぁああああああ!!」

「…………へっ？」

　今、我――感謝されなかった？

　見ると、ゴッズバルドの頭は我の腰よりも低く下げられている。やがてその頭が上がると、ゴッズバルドの強面《こわもて》から滂沱《ぼうた》の涙と鼻水、ついでに口から涎《よだれ》が垂れ始めた。

気持ち悪っ!!　な、なんだ、こやつは。

こんなにも醜い人の顔を見たのは、初めてだぞ。

「あ、ありがとうございます。あなたのおかげで母は救われました」

「母？」

「昨日、あなたが助けてくれた老婆です」

なんだ？　こやつ、あの老婆の息子か。

怪我をした老婆を家に送り届けたことを感謝しにきたらしい。だが我は送り届けただけだ。

学院まで来て、感謝されるような大それたことはしていないはずなのだが。

「あの……。顔を上げてください。私は結局、お婆さまの怪我を治せなかったのですから」

「とんでもない!!」

「え？」

ゴッズバルドは我の手を握る。涙を流し、まるで神でも崇めるかのように目を輝かせた。

「あなた様は母が患っていた不治の病を治してくれました」

「は??」

いや、おかしい。我はそんな大それた病を治した覚えはないのだが……。

我が呆気に取られていると、ゴッズバルドはこんこんと事情を話し始める。

ゴッズバルドの母親は、不治の病にかかっていた。

病を治すため、様々な聖女や神官のもとを訪れたそうだが、結果は残酷なものだった。

余命三カ月。それが母親に下された診断だった。

死期を悟った母親は、最後に世話になった聖クランソニア学院にいる、【大聖母】のもとへ挨拶に行く途中だったらしい。ゴッズバルドも含め、屋敷の者は止めたそうだが、目が悪いにもかかわらず一人で行くと出ていったところを、我に保護されたというわけだ。

「ですが、あなたの回復魔術の施術を受けた直後、病巣が消えてしまったのです。しかも、同じく患っていた目の病気まで。これはもはや奇跡というより他なりません。これは少ないですが、治療費です。どうかお納めください」

ゴッズバルドは袋の紐を解き、我に中身を見せる。入っていたのは、転生して初めて見る大量の金貨であった。貨幣の価値については、おおよそ我も理解している。たぶん、これだけあれば、我がアレンティリ家の屋敷を改築しても、同じ屋敷が二つぐらいは買えるだろう。

い、いったい何が起こっている。おかしいであろう。我は回復魔術の施術に失敗したのだぞ。我は未熟な聖女だ。本来罵倒されてもおかしくない。なのに、こんな大金を渡すなど。

はっ！　そうか。もしや……この大魔王ルブルヴィムを哀れんでいるのか!?

未熟ゆえ、我には才能がない、と。この大金を持ってお前は学院を去れというのか。

くっ！　くそ！　聖女として未熟者であることは事実だから、反論できぬ。

しかし！　我は大魔王ルブルヴィム。

たとえ落ちぶれようとも、施しなど受けけん！　ましてや人間からの施しなど。

「お、お断りします！」

「え？　もしかして足りないと？　ならば、あとで持ってこさせよう。私を産み、育てた母をあなたは救ってくれた。病気が治るなら、地位や名誉を捨てても……」

「ち、地位や名誉!!」

「そう！　地位や名誉！　この際、使用人の給料だって」

「だ、旦那様!?」

くっ！　こやつ、そこまでの覚悟なのか。

地位や名誉をかなぐり捨ててまで、我に引導を渡そうというのか。

なんという覚悟だ。天晴《あっぱ》れと言わざるを得ない。

それでも我は回復魔術を極めたい。いや、極めねばならぬのだ。

「受け取れません！」

「なんと！　あそこまでの奇跡を見せながら、対価を求めないとは。なんと殊勝な娘なのだ。うおおおおおんんんんん！　このゴッズバルド！　感涙を禁じ得ぬ！」

今度は泣き落としか！　その手には乗らんぞ。

そのあとも、ゴッズバルドは泣きながら我に金貨を受け取るように迫ってきた。

我はそれを悉《ことごと》く断る。問答は、そのまま授業が始まるまで続いた。

このとき、遠巻きに様子を見ていた生徒たちの声を、我は聞くにおよばなかった。

「ジャアクが、あのゴッズバルド様を泣かせてる」

「あの伝説の英雄を……」

「英雄を泣かせるほど、彼女は邪悪なのか」

「きれいな顔してるけど、やっぱり恐ろしい子なのね」

その件があって以降、我は一層恐れられることとなった。

第六話

少し聖クランソニア学院について説明をしよう。

聖クランソニア学院は、聖騎士、神官、聖女を養成する宗教系の訓練学校である。

マナガストでは聖霊信仰というものが、現在盛んに行われている。

代表的なのが「エリニューム教」だ。

ピンときた者もいよう。我を転生させた聖霊エリニュームの名を冠す信仰である。

ほとんどの国がエリニューム教を国教として定め、元首の中にも信奉する者が多い。

こうした背景には、魔族との戦争の折に弱者を中心として爆発的に広まったのが、遠因としてあるようだ。各地で教会が建てられ、その下では回復魔術を得意とした神官や聖女が置かれた。そこに病気を患った者、怪我をした者が運び込まれ、貧しい者たちの心と身体を癒やしていった。こうした慈善活動が実を結んだことにより、信奉者はますます増え、ついには生活の一部となったというわけだ。

民心が集まるところには、お金もまた集まるというもの。

エリニューム教の信者には、年収の〇・一%をお布施とすることが定められている。

教会での活動を継続していくための資金で、君主ですら免れることはできない。

〇・一%とはいえ、何百万人という信者がいるのだ。その額は半端ではない。

そのため、集められたお金を狙う野盗が各地に現れた。そのほとんどが魔族との戦争が終結し、廃業に追い込まれた傭兵や、解雇された騎士や兵士たちである。

最初期。エリニューム教は国に教会の護衛を依頼していたが、正規兵の中にも志の低い者がいる。野盗と結託し、そのお金を持って他国へ逃げる者が現れた。このとき、国境警備にまで金を握らせたというのだから、国の軍隊は目も当てられぬほど、当時は腐敗しきっていたのだ。

こうした問題解決として、エリニューム教は自前の武力組織をつくることにした。

聖霊軍と呼ばれるそれは、聖騎士を主戦力とした軍隊だ。

エリニューム教が定めたカリキュラムによって、剣と魔術、徒手を定めた戦闘の専門家。訓練の激しさ、教育方法は、各国の騎士達が舌を巻くほどだったという。

そのカリキュラムを踏襲したのが、聖クランソニア学院や、各国にある宗教系の訓練校である。そこに神官と聖女の教育課程がくわわり、今に至るらしい。

聖女を鍛える学院としてしか知らなかったから、入学試験の時点で男がいることに我は驚いたものだが、一応このような経緯があったのである。

今朝も我は寮から学舎のほうへ向かっていた。

学友たちの元気な挨拶が響く中、やはり我に声をかける者はいない。

むしろ、より一層避けられているような気さえする。

『あ……。ジャアクだ』

『あの英雄ゴッズバルドを土下座させたって話だぜ』

『マジかよ!! こえ～』

『でも、顔はかわいいんだよな。さらさらの銀髪とか……』

『馬鹿! 変な気を起こすなよ。張り倒されるぞ』

なんか噂に尾ひれがついてるし……。

それもこれも、あのゴッズバルドのせいだ。余計なことをしおって。

このままハートリー以外の学友ができなければ、回復魔術ではなく特大の呪いをくれてやる。

学舎に入り、我は下駄箱で上履きに履き替える。建物に入って、靴を履き替えるというのは、教会と聖クランソニア学院のような宗教系の建物以外にない。そのほかは、家の中でも土足だ。

エリニューム教が関わる建物では、外の穢れを持ち込まないという教えがあって、学舎の入口では麻で編まれた上履きに履き替えなければならない。

最初は慣れなかったのだが、ようやく習慣が身についてきた。

いつもどおり下駄箱を開く。すると、上履きの上に一通の手紙が置かれていた。

こんなことは初めてだ。一応鑑定魔術を使ったが、トラップも呪いもついていない。普通の手紙である。首を傾げつつ開いてみると、こう書かれていた。

〝放課後。学院の裏庭にて待つ……〟

ん? これはもしや――――。

「キャアアアアアアアアアアアアア!!」

いきなり耳元で悲鳴が聞こえた。

振り返ると、立っていたのは我が母マリルだった。

「母上！　どうしてここに？」

さすがの我も驚く。誰かがマリルに化けているかと思ったが、我の眼はそうそう騙せぬ。

姿形はもちろんのこと、どこか垢抜けた雰囲気は、我が母マリルに間違いない。

「失礼しちゃうわね。子どもが通ってる学校に親が来ちゃ悪いのかしら？」

「そ、そういうことでは……」

「そもそもルブルちゃんが、あんな大金をいきなり寄越すから悪いんじゃない」

「あ――――」

なるほど、あの件か。

大金というのは、ゴッズバルドからもらったお金のことである。

はじめは学院に寄進しようと思って、お金を学院長のもとへ持っていった。

あいにくと留守だったので、副学院長に渡そうとしたのだが、

『貴様、その金で学院を乗っ取るつもりか!!』

悪霊退散とばかりに副学院長は喚《わめ》き散らすばかりで、お金を受け取ってくれなかった。

どうやら副学院長は心底我のことを恐れているらしい。じつは、魔導具からもたらされた「ジャアク」という言葉を、我とともに目の前で教官として確認していたのが、副学院長だからだ。

以来、我を悪魔あるいは魔王と、過剰に恐れているようである。

結局我は寄進を断念せざるをえなくなり、我もとくにお金に執着がないことから、マリルたちに渡したというわけだ。事情も書いておいたのだが、昨日の今日でまさかマリルが学院に乗り込んでくるとは思わなかった。

おそらく寮の部屋を繋いだ次元魔術のトンネルを通って、やってきたのだろう。

「私から学院長に寄進を頼もうと思って説得にきたのよ。私の言うことなら聞いてくれるかもしれないでしょ。それよりも、その手紙は何？」

「下駄箱の中に入っていたのです」

「下駄箱！　ロマンチック！」

ちなみにマリルは修道院にいたことがある。

修道院とは、神官や聖女のサポートあるいは身の回りを世話する修道士や修道女を養成する教育機関のことだ。ゆえに、マリルはこうした宗教系の教育機関のことに詳しい。

聖クランソニア学院を薦めてくれたのも、マリルである。

「それ、きっとラブレターね」

「ら、ラブレター？」

「ルブルちゃんにはわからないわよね。まだ五歳なんだし。あのね。ラブレターというのは、好きな人に愛を告白するための手紙なのよ」

「好きな人？　愛の告白⁇　母上、私にはさっぱり理解しがたい言葉ばかりなのですが」

「つまり、ルブルちゃんと仲良くなりたいってことね」

「つ、つまりマリル・・・・・・！　それは我と友達になりたいということか・・・・・・!!」

「ル、ルブルちゃん、落ち着いて。昔の言葉に戻っているわよ」

おっと危ない。ターザムに聞かれていたら、また自前の独居房に入れられるところだった。

「その子はきっと、ルブルちゃんと仲良くなりたいのね」

仲良く……。ああ。なんと心地よく、甘美な響きなのだ。

まさか友達として交際したいという手紙だったとは。

我はてっきり果たし状か何かだと思っていた。魔王だったときには、毎日のように人間・魔族問わず、名のある武芸者たちに挑まれてきたからな。とくに魔族の雌が多かった。今思うと魔族の雌どもはじつに血気盛んであった。我は何もしていないのに、鼻血を流しながら現れた者もいたな。

危ない危ない。マリルの忠言がなければ、会った瞬間に相手を打ち倒すところであった。

放課後か。今すぐにでも会いに行きたいところだが、指示に従うのが礼儀というものだろう。むう……。これほどの昂《たか》ぶり。果たして放課後まで待ちきれるものだろうか。

いっそ我が力で今すぐにでも夕方に変えてやりたい。

◆◇◆◇◆　Another side　◆◇◆◇◆

「くそ……。聖女候補如きに……」

言葉を絞り出したのは、聖クランソニア学院の生徒だった。

封印された武器を携帯しているところを見ると、聖騎士候補生らしい。

制服の胸には、Ｄクラスを示す徽章が輝いていた。

その半ば意識を失いかけている生徒の顔を、足蹴にする者がいる。

サラブレッドのように鍛え上げられた足首を辿ると、一人の少女の顔に行き当たった。

やや無作法に伸びた金色の髪。その髪に隠れた耳は燕の翼のように横に開いている。

引き締まった手足と細いくびれは、鍛錬の賜物だ。獣の如き青い目の三白眼こそ鋭かったが、胸は一息吐きたくなるような残念なサイズ感であった。

「その聖女候補に、聖騎士候補生如きがやられてんじゃねぇ」

お腹に一蹴り入れて、追い打ちを食らわせる。ついに聖騎士候補は意識を失った。

少女は振り返る。聖クランソニア学院から少し離れた薄暗い路地裏には死屍累々《ししるいるい》とばかりに、聖騎士候補生たちが倒れていた。

「最近の聖騎士候補生は、なってねぇなあ。まあ、貴族のボンボンばかりが、高クラスであぐらを掻いているんだから仕方ねぇか。にしても、聖騎士候補が歩いているエルフをナンパするかよ、普通。だから、聖女候補なんかに喧嘩で負けちまうんだよ」

少女は礼儀にうるさいターザムが聞けば、たちまち顔を顰めるような粗野な言葉で吐き捨てる。

表通りに戻ると、同じような聖女候補生が三人、エルフの生徒の鞄を持って待っていた。

「ネレムの姐貴《あねき》、お勤めご苦労さまでした」

一番チビの候補生が、ネレムと呼ばれた少女にハンカチを渡す。

他の生徒も腰を低くし、膝に手を置いて頭を下げていた。

彼女らはネレムの取り巻きだ。

Eクラスに所属する聖女候補生たちで、男爵か子爵の令嬢ばかりだ。

かくいうネレムも同じだ。ネレム・キル・ザイエス。ザイエス子爵家の三女にあたる。

取り巻きたちは、一応家名と正式な名前もあるのだが、ネレムは忘れてしまった。

便宜上、チビがトム、デカいのがヤム、ひょろをクンと呼んでいる。

「さすがー、アネキー」

「聖騎士候補生をのしちゃうとは、しししし……」

ヤムが間延びする声で称賛すれば、ひょろのクンが独特の声で笑う。

ネレムは頬一つ赤らめることなく踵を返し、学院のほうへと歩き出す。

その表情は浮かないというよりは、いまだに何か怒っているように見えた。

「褒められても何も嬉しくねぇよ」

聖騎士候補をのすほどの大立ち回りをしても、ネレムの心は空虚だった。

じつはネレムは女だてらに聖騎士を目指していた。家が騎士の家系というのも往々にしてあるが、彼女には一人、目標となる人物がいた。

英雄ゴッズバルドである。

小さい頃、父の書斎にある彼の伝記を読み耽《ふけ》り、ゴッズバルドのようになりたいと家族に告げた。とくに父は大層喜び、激しい訓練に付き合ってくれた。来る日も来る日も、雨の日も風の日も、ネレムは聖騎士になりたい一心で剣を振るい続けたのだ。

入学試験一〇日前。悲劇は起こる。ネレムは訓練中に大怪我を負ってしまったのだ。

幸い命に別状はなかったが、利き腕である右腕が肩より上がらなくなってしまった。

その状態では剣も振れない。結局、ネレムは聖騎士になることを諦めなければならなかった。

でも胸に秘す思いを完全に消すには至らない。急遽、聖女候補生の試験を受験することにし、なんと合格したのである。

しかし、ネレムは後悔していた。

少しでも聖騎士の側にいたい。自分が追いかけていた夢の側にいたいと思い、聖女候補生の試験を受験した。だが心根から溢れ出てくるのは、ただの聖騎士への羨望だけだ。

結局、心のバランスを失い、鬱屈した気持ちはネレムを暴力に走らせた。

おかげですっかり不良聖女と指差され生徒や教官から蔑まれるに至る。

今や彼女を慕うのは、事情をよく知る取り巻きで幼馴染みの三人だけだ。

「ネレムの姐貴、ジャアクがやらかした例の噂を聞きました？」

「ジャアク？　確か、ルブルっていうＦクラスの聖女のことか？　それがどうしたんだよ」

「色々やらかしてるんですけど、今回のはとびっきりですぜ」

「もったいつけてんじゃねぇよ、トム。さっさと本題に入れ」

「英雄ゴッズバルドですよ。なんと、あのゴッズバルド元大将を泣かせたらしいんス」

トムが口にした瞬間、高速で腕が伸びてきた。そのまま胸ぐらを掴まれ、捻り上げられる。

目を見開いたときには、ネレムの鋭い三白眼が目の前にあった。こめかみには青筋が浮かんでいる。

「てめぇ、ふかしたことを抜かしてるんじゃねぇぞ」

「落ち着いてください、姐貴。マジの話なんですって」

「クン……。てめぇもボコられたいのかい？」

「ホントだよー、アネキー。おで見たよー」

「はあ⁇」

喚き散らすヤムの声を聞いても、ネレムは信じられなかった。

だが、ヤムの性格上、嘘がつけるとは思えない。作り話としても、ネレムにとってそれはあまりにタチの悪いものだった。

ネレムはようやくトムを地面に下ろす。

「ヤム……。お前が話せ」

「信じられないけどー、ゴッズバルドさ〜ん、泣きながら土下座してたー。あとお金も差し出してたー。たぶんー、ジャアクにやられたんだと思うー。もしかしてー、誰かー、人質に取られたのかもー。とにかくすっごく謝ってたー」

「マジかよ……」

ネレムにとって、ゴッズバルドは憧れの人だ。目標そのものだと言っていい。幾多の戦場を駆け抜けた聖騎士で、無辜《むこ》の民を救ってきた英雄。自分が一人前になる前に惜しくも退役してしまったが、憧憬の念は風化するどころか増すばかりだった。

「許せねぇ……」

濡れた革を絞ったような音を立てて、ネレムが拳を握る。

自然と身体が震え、心の底から溢れる怒りを隠そうとはしなかった。

「トム……。ジャアクを明日裏庭に呼び出せ。ゴッズバルドさんと何があったか知らねぇけど、あたいがきっちりシメてやる!!」

パシッと拳を打ち鳴らし、ネレムは打倒ルブルを誓うのだった。


一方、その頃ルブルは……。

(くくく……。放課後が待ちきれぬな)

授業そっちのけで、ニヤついていた。

「なに？　今日のジャアク……」

「むちゃくちゃ機嫌が良さそうだけど」

「逆にそれが怖い……」

「絶対目を合わさないでおこう」

いつになく上機嫌のルブルを見て、教室の生徒たちからさらに恐れられていた。

◆◇◆◇◆

ついに放課後になった。

我は早速、ラブレターに書かれていた裏庭へと赴く。

しばし待っていると、三人の少女と、長身のエルフの少女が現れた。

制服の前を開けて、着流ししているが、どうやら我と同じ聖女候補生のようだ。

「よぅ、ジャアク。はじめましてだな、あたいの名前はネレムってんだ。……よろしく――っ
て、お前何を泣いてるんだ？」

そう。我は泣いていた。知らず知らずのうちにだ。

滂沱の涙を流し、じっとネレムと名乗ったエルフの少女を見ていた。

「ぎゃははは。姐貴にビビッたんすよ」

「さーすーがー、あーねーきー」

「これは楽勝ですね」

周りの少女たちが煽る。我は涙を拭きながら、弁明した。

「すみません。私と友達になりたい方が、四人もいらっしゃるとは思わなかったものですか

ら」

「友達？　は？　何を言ってんだ、こいつ？」

「――？　あれはラブレターというもので、友達になりたいという意味ではないのですか？」

「ら、らららららラブレター……!!」

ネレムは絶叫した。真っ白な顔が一瞬にして赤くなっていく。

側にいた少女たちの頬も、ほんのりと赤くなっていた。

「え？　姐貴……。ジャアクにホの字だったんですかい？」

「あーねーきー、つんでーれー」

「なるほど。ジャアク×ネレムというカップリングだったんですね。……ありだ」

「んなわけないだろ！　そもそもクン！　お前が書いたんじゃねぇか！」

「いや、わたしは普通に書きましたよ」

「ということは、こいつがなんか勘違いしてるってことか？」

ネレムは再び我に向き直る。

先ほどよりも気迫のこもった眼光を見て、我はただキョトンとするだけだ。

「ふざけるのも大概にしろ、ジャアク。とぼけたって無駄だからな」

心外な。我は心底本気なのだが……。そもそも我は策略が苦手だし、好まぬ。とぼけているのは、そっちのほうではないか。そうか。もしかして照れているのか。思えばハーちゃんのときもそうだった。お互い打ち解けるのに時間を要したものだ。よし。ならば、こやつらも我が家に招待しようではないか。マリルのシチューを食べればきっと胸襟を開いてくれるであろう。

「お前、ゴッズバルドさんを泣かせたそうだな」

「泣かせた？　たしかに泣いておられましたね。ただ私が泣かせたのではなく――」

「うるせぇ!!　あの人はな。あたいの目標だった。いや、今でもそうだ！　そんな人が一学生に過ぎないお前に泣いて土下座するわけがねぇ！　何か卑怯なことをしたんだろう!!」

心外だ。我は卑怯なことを好みはせんし、むしろ憎む立場にある。

何を勘違いして憤っておるのか知らぬが、それ以上愚弄するなら我にも考えがあるぞ。

そもそもだ――。

「ゴッズバルド様が勝手に頭を下げてきたのです。むしろ――」

「勝・・・手に頭を下げた――だと……。あの人は英雄だ。あたいたちなんかよりも、ずっと崇高な人間なんだ。なのに、そんなお方の頭を下げさせ、挙げ句、泣かせるなんて……。許せぇねぇ、ジャアク。あたいがぶっ倒してやる」

今にも血の涙を流さんばかりにネレムが激昂する。

タンッ、と地面を蹴るとそのまま殴りかかってきた。

鋭い直拳が空を切り裂き、我に牙を剥く。だが、我はそれを寸前で躱した。

なかなか良い拳打だ、などと評している場合ではないか。

友達になりたいとラブレターを寄越してきたくせに、いきなり殴りかかってくるとは、よくわからん娘である。

（いや、待て）

思えば、ハーちゃんの前に我を友と呼んだ唯一の人物は勇者ロロだけだった。

明確に友人であると確認したわけではないが、確かにヤツと斬り結ぶうちに、これが人間のいう友情とおぼしき感情なのではないかと、思う節《ふし》があった。

つまり、今の状況はまさしく、それではなかろうか。

このネレムというヤツも、我とともに拳を交わし、友情を育みたいのだ。

相わかった……。ならば、こちらも本気で相手をせねばなるまい。

我が構えを取ると、それまで猪突猛進《ちょとつもうしん》とばかりに襲いかかってきたネレムが足を止めた。

相手の雰囲気が変わったことを敏感に察したのだろう。

なるほど、野性的な本能には長《た》けているようだ。

「な、なんだ」

「さーむーいー」

「ちょ、ちょっと……。わたし、お花を摘みに行ってきます」

他の少女たちは震え上がるも、ネレムだけが笑っていた。

「へぇ……。顔がいいだけのお嬢さまだと思っていたら、そんな顔もできるんだな」

「あなたが本気だとわかった以上、こちらも本気を出さねばなりません」

本気の友人を作る。そのためには、我も本気で応じねばなるまい。

それが礼儀というものだろう。

「いいぜ。あたいも本気でやってやるよ」

「姐貴の本気……」

「やーべー」

「ま、まずくないですか？」

急に周囲が暗くなる。暗雲が垂れ込め、さらに雨が降ってきた。

だが、我もネレムも動かない。誰もいない裏庭で、立ち合うその瞬間を待っていた。

「あ……。忘れていましたわ」

「あ？　何だよ？」

「ネレムさん、怪我しているでしょ？」

「怪我？　そんなもん……まさか、お前！　今の攻防で見抜いて」

ネレムは反射的に右肩を押さえる。

「お前が気にすることじゃない。そもそもお前なんて左腕一本でも十分なんだよ」

「侮らないでください。本気でやり合うのだから、あなたも万全で戦ってもらわないと」

「お前……」

「さあ……。回・復・し・て・や・ろ・う」

稲光が走り、雷鳴が轟く。だが、その光よりも強く、裏庭は白く輝いていた。

ネレムたち一同の叫声が響く。白濁とした光を放ち、膨大な魔力はネレムの右肩に注がれる。

やがて我の回復魔術は、ネレムを完全に癒やした。

「な、何をした、お前！」

ネレムは腕を振り上げ、抗議する。

その姿を見て、ネレムの取り巻き連中は慌てて我らの間に割って入った。

「姐貴!!」

「うーでー、うーでー」

「姐貴、腕が上がってます!!」

ネレムの振り上げた右腕を指差す。

肩より上に上がらなかった腕が耳の横まで上がっていた。

気づいた瞬間、ネレムは絶句する。

「嘘だろ。どんな治癒師も匙《さじ》を投げた、あたいの腕が上がって……。なんで治ってんだよ」

「姐貴、おめでとうございます。ぐすっ！」

「よがっだー、よがっだぁぁぁあー」

「これで、また聖騎士を目指せますね、姐貴」

取り巻きたちが泣いている横で、ネレムはぐりぐりと腕を動かしている。

「痛みが無《ね》ぇ……。あたいの腕じゃないみたいだ。これなら！　もしかして、もう一度聖騎士を目指せるかもしれねぇ。……あ、ありがとな。な、何が起こったかわからねぇが、お前本当はいいヤツ――ぶべらっっっっっっ!!」

我が思いっきり振り抜いた鉤突きは、ネレムの頬にクリーンヒットする。

ネレムは勢いのままに「どう！」と地面に倒れてしまった。

何を惚けていたのかは知らぬが、あまりに隙だらけだったゆえ、何かしらの策略が隠されているのではと思い、先に手を出してみたが、杞憂であったか。

ネレムよ。真剣勝負の場でよそ見するとは、じつに愚か。

お互いに聖女候補生にして、未熟の身。これからも一緒に切磋琢磨していこうではないか。

「なっ……。感謝してる姐貴を殴るなんて」

「よーしゃねー」

「やはりジャアクは、ジャアクだったんだぁぁぁあああ！」

ぎゃあああああ！　と悲鳴を上げながら、取り巻きは逃げていく。

弱ったな。あの三人とも友達になりたかったのだが……。

どうやらまた怖がらせるようなことを、我はしてしまったらしい。

まあ、良い。千里の道も一歩からと言うしな。

今は、目の前のネレムをハートリーに続く第二の友とするのみだ。

我はネレムを再び回復魔術で癒やす。気が付いたネレムに向かって、我は手を差し出した。

「今日から私たち、友達ですよ……」

我は最高のスマイルを、ネレムに向ける。

ネレムはしばし我の手を見つめ逡巡した後、ついに手を取った。

「よろしくお願いします、ルブルの姐さん」

こうして我とネレムは友としての誓いを立てたのだ。

◆◇◆◇◆　後日、この時の心境を本人が語る。　◆◇◆◇◆

正直、ジャアクには勝てないと思った。

あいつは人が感謝している横で、いきなり殴りかかってきたんです。

それも容赦なく、全力で……。

けれど、まだそこまでは良かったんですよ。相手はジャアクと呼ばれる曰く付きの生徒。あたいが油断していたのは、間違いない。でも、ジャアクがジャアクたる所以はここからだったんです。

何を思ったのか、さっき殴りかかった相手に向かって、手を差し出したんです。

天使みたいな笑顔を浮かべながら、あたいにこう迫ったんです。

『今日から私たち、友達ですよ……』

今、殴ったばかりの相手にですよ！

あたいは、けっこうこれでもいろんな悪いヤツを見てきました。

でも、ルブル・キル・アレンティリは別格です。あんな得体の知れない巨悪は初めてですよ。

よく考えたら、あの英雄ゴッズバルドが泣いて謝る相手です。そんな相手に、一学生が敵うはずなんてないですよね……。ははは……、あははははは。

これからどうするかって？　聖騎士候補生に再受験？

はは……。そんなことできるわけありません。そんなことをしたら、今度はあたいだけじゃなく、家族や子分たちも危害を加えられるかもしれないじゃないですか。

だから、あたいは付いていくことにしました。

つまり、ルブルの姐さん風に言うなら、友達になることにしたんです。

ジャアクに屈するのか、ですって？　そうですよ。あたいは屈したんです。

立ち合えばわかりますよ。あの人は、この世で最も邪悪な存在だってね。

◆◇◆◇◆

「おはようございます、ルブルの姐さん」

登校日の朝。いつも通り寮を出ると、入口に背の高いエルフが立っていた。

我を見つけるなり、頭を下げて挨拶する。

「おはようございます、ネレム」

昨日、友の誓いを立てたネレムだ。

どうやら、我が寮から出てくるのを待っていてくれていたらしい。

ところで姉さんとはどういう意味だ？　我は五歳だし。ネレムのほうが絶対年上だと思うのだが……。

魔王のときから数えると、姉と言えなくもないが、ネレムが知る由《よし》もないしな。

まあ親愛を示してくれていると思えば、べつに気にすることもないだろう。

「ルブルの姐さん、校舎までご一緒してもよろしいでしょうか？」

「それは私と一緒に登校するという意味でしょうか？」

「うす。お供させていただきます」

我とネレムは校舎までの短い通学路を一緒に歩く。

ネレムは終始緊張した面持《おもも》ちだ。それに常に我の三歩前を歩き、辺りを警戒している。

ずいぶんと落ち着きがないな。初めて我と登校するから緊張しているのかもしれぬ。

初いヤツ。最初出会ったときはずいぶんなひねくれ者と思っていたが、意外と繊細なのかもしれぬな。よく考えたら、わざわざ我に手紙を送って呼び出すような奥ゆかしい娘だ。さもありなんであろう。

校門前にさしかかると、ハーちゃんの姿が見えた。我の顔を見て、笑みがこぼれる。

「ルーちゃん、おは――――」

「あん？　なんだ、てめぇは!!　気安くルブルの姐さんに話しかけんな」

「ひぃ！　ひぃいいいいいい!!」

我と挨拶を交わす前に、ネレムが前に出てハーちゃんを威嚇する。

ネレムよりも間違いなく小心者のハーちゃんは悲鳴を上げながら、我の背中に隠れた。

「る、ルーちゃん、こちらの方は？」

「昨日、友達になったネレム・キル・ザイエスさんです」

「え？　ね、ネレムさんと友達になったの？」

「ええ！　ネレムさんとは拳で語り合った仲なんですよ」

「物騒なことを笑顔で言わないで、ルーちゃん！」

いや、単なる事実なのだが……。まあ、いいか。

「ネレムさん。こちらは――」

「ハートリー・クロースさんですね。ネレムといいます。ルブルの姐さんには、お世話になっています。先ほどは失礼しました。以後、お見知りおきを」

「よ、よろしくお願いします、ネレムさん」

ネレムの迫力に驚いているのか、ハーちゃんは恐る恐る挨拶を返す。

「ハーちゃんは私の友達です。仲良くしてくださいね、ネレム」

「もちろんです。ちなみにハートリーさん」

「は、はい……」

「ハートリーの姐貴と呼ばせてもらっても、いいッスか？」

「ふぇ？　い、いいですけど……。ど、どうして、姐貴？」

「ハートリーの姐貴は、ルブルの姐さんのこれだと聞いているので」

ネレムは小指を立てる。

なんだ、その意味深なポーズは？　何かの符丁《しるし》か。

我にはわからなかったが、ハーちゃんにはわかったらしい。

ぽひゅん、と音を立て、顔を赤くした。

「ち、ち、ちがいますぅぅぅぅぅうううううう!!」

そのまま我らを振り切り、校舎へと全力ダッシュする。

どうしたのだろうか、ハーちゃん。ずいぶん、慌てていたが……。あの小指を立てるポーズがなんだというのだろうか。校舎へ走って行ったのは、いったい……。

そうか。わかったぞ、ハーちゃん。早く勉学に励みたいということか。

我らとお喋りするぐらいなら、勉学に勤しみ、一人前の聖女になれ――つまり、あの小指を立てるのは、そうした符丁ということか。

さすが、我が友。なかなかストイックだ。我も見習わなければな。

「ハーちゃんに負けていられませんわ。私たちも早く校舎に参りましょう、ネレム」

「うす」

我らは校舎の中に入っていく。終始ネレムは無言だ。何か妙な緊張感もある。

いったい、何を恐れているのだろうか。

できれば我もほかの生徒と同じようにお喋りをしながら、登校したいものだ。

そういえば、ほかの生徒たちはどんなことを話しているのだろう。

魔術でそれとなく探ってみるか。

「なあ、聞いたか？」

「あのネレムさんが、ジャアクに降《くだ》ったってよ」

「マジ？　あの暴れん坊の聖女が？」

「ククク……。ネレムは我ら聖クランソニア学院四天王の中でも最弱」

「もしかして、ジャアク……。聖クランソニア学院全部をしめるつもりか？」

驚いたことに我とネレムが友達になったことは、もう学校中に知れ渡っているらしい。

昨日のことだというのに、聖クランソニア学院の生徒たちは、ずいぶんと耳が早いな。

ところで我が学院をしめるってなんだ？　我が学院の扉を全部閉めて何が起こるというのだ。学院に隠された秘密の扉でも開くのだろうか。隠されたものを暴くのは、我のライフワークと言ってもいい。興味があるので、今度やってみよう。

しかし、自分の話題ではあまり参考にならんな。

我とネレムが友人同士であることは、話題にするまでもない事実であるし。

ほかには天気の話題がよくあるらしい。どれ――我も、小粋《こいき》な天気の話をしてやろうか。

死闘を繰り広げた雨の神との四度目の対決のことなのだが。

「お前たち、そこをどけ！」

我が話しかけようとすると、突然ネレムが胴間声《どうまごえ》を上げた。

腹にまで轟くような声が、通学路に響き、否応《いやおう》なく生徒たちの注目を浴びる。

我とネレムを認識するなり、鼠《ねずみ》の如く道の端に寄った。

そのあとも、ネレムは生徒たちに声をかけ続ける。

初めは注意かと思っていたが、それはもはや恐喝に近い。

どうやら我のことを慮《おもんぱか》って、ネレムは生徒たちに道を空けるように促しているようだが
……。

「なんか……。私が知っている登校とは違うような気がするのですが」

我は思わず苦笑いを浮かべる。

すると、複数人の女子生徒が押し合いへし合いしながら、じゃれあっていた。

一人の女子生徒が突き飛ばされ、我のほうへと寄りかかる。

我の姿を見て、女子生徒は「ひっ」と悲鳴を上げた。

顔がみるみる青くなっていく。だが、女子生徒の災難はこれで終わらない。

「お前、何をやってんだ！」

「ひぃいいぃいいぃいいい！　ご、ごめんなさい」

「いいか。お前のために言ってるんだ！　じゃないと、死ぬぞ‼」

ぬぬ？　し、死ぬ？　え？　そこまでか？

確かに当たりどころが悪ければ死ぬかもしれないが、さすがに大げさではなかろうか。

いや、待て。違う。ネレムはこんな我でも友達になってくれた得がたい人物だ。

きっと相当優しいのだろう。

些細な危険にも注意する――そんな厳格な娘なのだ。

素晴らしい。聖女の鑑《かがみ》と称しても過言ではない。我も見習わなければな。

我は完全に怯えきっている女子生徒の肩を掴む。

やや厳しめに表情を曇らせると、我は宣言した。

「気を付けてくださいね。じゃないと、死にますよ。ん？」

見ると、女子生徒は白目になって気絶していた。

しかも魂が口から出かかっている。いかんいかん。本当に死んではいかんぞ。

こっちは注意しただけなのに、なんでこうなったんだろうか。

◆◇◆◇◆　ネレム　side　◆◇◆◇◆

や、やっぱり恐ろしい人だ。

眼《ガン》つけだけで、人を気絶させてしまうなんて。

守らねば……。あたいの使命はルブル・キル・アレンティリから学院を守ること。

だから、これ以上の犠牲を出さないようにしないと。

明日からは、もっと厳しめに他の生徒に注意することにしよう。

それが正しいことですよね、ゴッズバルドさん。

ネレムは顔を上げ、お星様——ではなく、朝の燦々とした太陽に憧れの人——ゴッズバルドを思い描くのであった。

第七話

「ルブルの姐さん、今日のクラス対抗演習よろしくお願いします」

ネレムは朝から我に頭を下げた。

そう。今日はクラス対抗の模擬演習戦がある。

同じクラスの聖女、神官、聖騎士が一丸となって、他クラスと擬似的な合戦を行う。

いわば、模擬戦というヤツだ。

そうは言っても、戦《いくさ》であることに代わりはない。

我も楽しみだ。久しぶりに戦争ができるのだからな。

戦がなく、平和な世の中というのも悪くないが、我には少々退屈すぎる。

たまにはこういう刺激も必要であろう。

とはいえ、我は聖女ゆえ後方待機である。傷ついた聖騎士や神官を癒やす係だ。

模擬戦は聖騎士の一〇vs一〇の戦いを基本とし、一〇人の聖騎士を倒すか、隊長を倒した時点で勝利が決まる。戦っている間、聖女は聖騎士を補助・回復、神官は相手聖女の補助・回復を阻害する役目を担う。

これが教会の考案した外敵を討ち払うための伝統的なフォーメーションなのだそうだ。

トーナメント方式で、試合の合間のメンバーチェンジは問題ないが、開始後は不可となる。

合戦ゆえに個々人の能力ではなく、チームワークが試されるようだ。

「ふふん……」

「ルブルの姐さん、楽しそうですね」

我は上機嫌だった。これまで我はクラスの中で孤立していた。

孤高に生き、道を極めることを我は否定しない。現に我は今までそうして生きてきた。

だが、時に手を取り合い、生きることにも我は憧れる。ロロたちのようにだ。

それにもう我は孤高の大魔王ルブルヴィムではない。

我にはハーちゃんがいて、ネレムもいる。もう我は孤独な王ではないのだ。

「みんなと戦えるのが楽しみなんです」

我はニコリと微笑むと、なぜかネレムはこの世の終わりだ、という顔を浮かべた。

「もしかして世界を終わらせるつもりか……」

「ネレムさん、何か言いましたか？」

「いえいえいえいえいえ！　なんでもありません。あたいは姐さんについて行きます」

「ついて行くって……。ネレムはEクラスではありませんか」

ネレムはEクラスの聖女候補生だ。残念ながら我とは敵対関係にある。

ともに戦いたかったが、ルールと言われては仕方がない。

せめて互いの健闘を祈るため、我はネレムに対し手を差し出した。

「お互い頑張りましょうね？」

「が、頑張りましょう……」

ネレムは一度ごくりと喉を鳴らすと、恐る恐る我の手を取った。

先ほどからリアクションがいちいち大げさなのだが、何か思い悩むことでもあるのだろうか。

ネレムは案外繊細な心の持ち主だからな。今度相談に乗ってあげるとしよう。

◆◇◆◇◆

クラス別の対抗戦に、さぞ我がＦクラスのみんなは意気込んでおることだろう。

平和になったとはいえ、人間も闘争の生き物だ。気合いが入っているに違いない。

我はウキウキしながら控え室の扉を開けたが、立ちこめていたのは重く沈んだ空気だった。

聖騎士は戦う前から下を向き、神官や同級生の聖女たちもすでに一戦を交え、相手の集中砲火を受けたかのように意気消沈としている。

「どうしたんですか、皆さん？」

入ってきた我の姿を見るなり、Ｆクラスの生徒がギョッと目を剥く。

ジャアク！　というお決まりの陰口とともに、部屋の隅まで後退した。

控え室には、聖女だけではなく、Ｆクラスの聖騎士や神官も控えていた。

我の姿を初めて見た者も少なからずいるようで、猫のように警戒している生徒もいる。

おかげで一向に我の質問の答えが返ってこない。仕方ないので、同じく下を向いたハーちゃんに事情を尋ねた。

「ハーちゃん、どうしたの？」

「それは……」

ハーちゃんがはポツリポツリと話し始める。

Ｆクラスのほとんどが平民、あるいは貧乏貴族の息子・息女たちで構成されている。対してＥ以上のクラスは、だいたい由緒正しい貴族たちだ。

貧富に差があることはもちろんのこと、教育の水準も高く、それがそのまま実力に表れているのだという。家柄が良ければ良いほど、貴族の息子や息女は幼い頃から英才教育を受けるからだ。さらに彼らは家から一級品の装備を持ち出し、わざわざひけらかしてくるらしい。

一方、Ｆクラスの装備は官給品のお下がりばかりだ。メンテナンスこそしているが、くたびれたものが目立つ。ないよりマシといっても、これでは勝利は難しかろう。

そもそも、このクラス別対抗演習戦で、Ｆクラスが勝ったことは聖クランソニア学院の長い歴史の中で、一度もないという。

「そんなことですか……。たしかに、これでは勝てるわけがありませんね」

「ルーちゃん？」

ハーちゃんが戸惑う一方、ほかの者たちは少し目線を上げただけで、すぐ項垂《うなだ》れてしまった。

「ジャアクの言うとおりだ」

「せめてジャアクが、聖騎士だったらなあ」

「おい。よせよ。聞こえるぞ」

「やっぱり無理なんだよ。オレたちには」

控え室の空気は、一層悪くなっていく。

「でも、べつに負けてもいいのではないでしょうか？」

「「「「「へっ⁉」」」」」

我の一言に、控え室にいる全員が固まった。

「これは戦争ではありません。模擬戦です。負けることも一つの反省あるいは教訓になるはず。それに負けることによって、自分の問題点をあぶり出すこともできます」

「えっと……。ルーちゃん、どういうことかな？」

「負けたのなら、次に負けないように強くなればいいだけです。なんでしたら、朝と夕方に私と一緒にトレーニングしませんか」

勢いで誘ってしまったが、我ながら良い提案だ。

すでに敗戦を覚悟しているなら、今から次戦で勝利するための特訓をすればいい。

我は常に我のために強くなってきた。だが、今は別の感情が存在する。

このFクラスとともに強くなりたい。ともに切磋琢磨し、回復魔術を極める。

ともに回復魔術の深奥《しんおう》に辿り着くことができれば、我らは真の友情に目覚めるだろう。

「え？　ジャアクって、そんなことしてたのか？」

「知ってる。校内を走ってるのを見たことある」

「意外と努力家なんだな」

「ジャアクって、じつはイイ奴じゃないのか？」

初めて聞いた好意的な意見に、我は涙が出るほど嬉しかった。

まさかここまでみんなの胸を打つとは……。これは天啓なのかもしれぬ。この一〇〇〇年後の世界に転生したのは決して偶然なのではない。ここにいる生徒を強くし、友情を分かち合い、ともに目標に向かって進む。そう。これはきっと運命なのだ。

そうと決まれば、早速Fクラスを強くするメニューを考えなければ。

「善は急げです。今日からトレーニングをしましょう。まずは王都の外周を五〇周……」

「え？　今、王都の外周って」

「が、学院の外周の間違いじゃないの？」

チームメイトの顔がサッと青ざめていく。

「王都の外周で間違いないですよ。その後、素振り一〇〇〇〇回。魔力を一点に集中させる訓練を二時間継続。腹筋と背筋は最低一〇〇〇〇回、そうですね。スクワットは一〇〇〇〇〇回としましょう。初日にしてはそんなところでしょうか？　ここから徐々に負荷をかけて――――」

ドドドドドドド！！！！

騒がしい音を立てて、皆が控え室を出て行く。

「みんな！　絶対に勝つぞ!!」

「なんとしてでも、トーナメントを勝ち進むんだ」

「じゃなかったら、オレたちは死ぬ」

「いやだー！　ジャアクのしごきなんて地獄だあああああ!!」

まだ試合まで時間があるというのに、すごいやる気だ。

おかしい。先ほどまで、負けて当然みたいな空気だったのに。一体、Ｆクラスのみんなの何がやる気を起こさせたのだろうか。ともかく、みんなが勝つ気になったのは喜ばしい。

トレーニングをともにできないのは寂しいが、勝てば必要ないからな。

やはり勝負事は勝つ気がなければ意味がない。

我は誓う。このＦクラスを勝たせることを……。

皆と勝利を掴むのだ!!


さて一回戦の相手は、ネレムのいるＥクラスだった。

「なんだ、Ｆクラスのヤツらの殺気は？」

「いつになく本気だぞ、あいつら」

「ヤツらがジャアクのいるＦクラスか。なるほど、面構《つらがま》えが違う」

「まるで野獣のようじゃないか。いったい、何があったんだ」

すでに競技会場に整列していた我らＦクラスの姿を見て、Ｅクラスはおののいている。

戦は先手必勝。そのためには最初の心構え——気概が大事だ。

勝つというモチベーションをいかに維持し続けるかが、重要になってくる。

今のFクラスは、勝つ気概に溢れていた。皆が一丸になっているのを感じる。

良いことだ。何より、そのチームメイトの輪の中に自分がいることが嬉しかった。

(絶対に勝つ!)

(負けたら、オレたちの死が確定)

(どんな手を使っても、勝つわ)

(ジャアクとトレーニングなんてごめんよ)

Fクラスの生徒全員の目が血走っている。

まるで飢えた狼、あるいは歴戦の古強者どものようだ。

「ルブルの姐さん、ハートリーの姐貴、胸を貸してもらいます」

戦う前に、ネレムが我とハーちゃんに挨拶をしにきた。

「こちらこそよろしくね、ネレムさん」

「ネレム、準備は万端ですか?」

「大丈夫です。仕込みはバッチリですから」

ネレムは親指を立てる。

仕込みとはなんだ? 何か策を立ててきたというのか。これは油断ならぬな。胸を貸すと言いながら、ネレムのヤツめ、我らを倒す気満々ではないか。そうでなくては面白くない。

我はニコリといつものスマイルを浮かべた。

「正々堂々と良き試合をしましょう」

「はい。正々堂々頑張ります!!」

前衛の聖騎士一〇名が居並ぶ。その背後で聖女と神官が構え、合図を待った。

「はじめ！」

教官の声が飛び、ついに対抗演習の火蓋が切られる。

「「「「うおおおおおおおおおおおお！！！！」」」」

一際大きく鬨《とき》の声を上げたのは、Ｆクラスだ。

作戦も指揮もへったくれもない。ただ目の前の敵に向かって、猛ダッシュを仕掛けていく。

ほう。中央突破か。やはり戦において、中央突破こそ王道である。

さらには先手必勝。なかなかわかっておるではないか、我がクラスは。

対する相手の動きは鈍い。これは勝負があったかもしれぬ。

「ぐおおおお！　お腹が痛い!!」

「急にお腹が」

「た、頼む！　回復を!!」

Ｅクラスの聖騎士たちが蹲り、手を上げて聖女に回復を求めた。

すぐにネレム率いる聖女たちが回復魔術を送る。

「イタタタタタ！」

「余計に痛くなってきた」

「やめろ！　回復中止!!」

どうやら急に腹痛に見舞われたようだな。じつは、腹痛は回復魔術では回復できぬ。

それどころか、体内の細胞を活性化させ、さらに痛みが増してしまうのだ。

我らよりランクが上とはいえ、まだまだ我らと同じ新入生。回復魔術に対する理解度が低いようだ。

おかげでEクラスの陣形が乱れる。俄然士気を上げたのが、我らがFクラスだ。

「うおおおおおお!!」

「なんだか知らないが、勝てそうだ」

「行け！　行け!!」

「畳みこめぇぇぇぇえええええ!!」

優勢なFクラスに戦術など存在しない。とにかく突撃する。この一点だけだ。子どもの喧嘩のように稚拙な戦い方だが、確実にEクラスを押し込んでいく。

そして――――。

「Fクラスの勝利!!」

ついに我らFクラスが勝利をもぎ取った。

「オレたちの勝利？」

「私たち勝ったの？」

「信じられねぇ」

「平民のおらたちが……」

「「「「やったぁぁぁぁぁあああああああ!!」」」」

喜びを爆発させる。一方、敗れたEクラスは何が起こったかわからず呆然としていた。

ネレムの姿もすでにない。おそらく一方的な敗戦にどこかで悔し涙を流しているのかもしれぬ。トラブルが敗因となっただけに、余計に悔やんでいるだろう。

しかし我らの勝利は揺るがぬ。こちらとしても貴重な一勝を得ることができた。

これでFクラスのみんなもわかったであろう。我々は最底辺のクラスではない。

この調子で他のクラスを討ち果たし、我らの実力を学院内外に知らしめてやろうぞ。

◆◇◆◇◆　その頃、ネレムは……。　◆◇◆◇◆

ネレムは聖クランソニア学院の裏手にある川岸に立っていた。

手に握った瓶を、川に向かって投げる。瓶に貼られたラベルには『下剤』と書かれていた。

「みんな、悪く思うなよ。姐さんを勝たせなかったら、一体どんな仕打ちをされるか想像もつかねぇ。みんなを、世界を救うためなんだ。そのためなら、あたいは悪魔にだってなってやる」

密かに悪の道へと進もうとしていた。

◆◇◆◇◆

Eクラスに続き、我らFクラスは、勝ち上がってきたCクラスも撃破した。

破竹の快進撃である。当然、Fクラスに漂っていた空気も変わりつつあった。

最初は敗軍の兵士のように下を向いていた者たちが、顔を上げ、腕を上げ、声を上げていた。

その声は、ちょうど控え室の外にいた我の耳にまで聞こえてくる。

『まさかCクラスにまで勝っちゃうなんて』

『俺たちって、こんなに強かったの？』

『いや、思ったんだけどさ。よく考えたら、貴族とか、上のクラスとかいうよりも……』

『『『ジャアク以上に怖いものなんてない！』』』

一瞬、控え室が、しんと静まり返る。

どうやら、まだ我は恐怖の対象らしい。正直に言えば、ショックだ。戦っているとき、我とクラスメイトは一体になっているような不思議な感覚があったからである。このクラス別の対抗戦で、我とクラスメイトの間にあるわだかまりは取り去られると思っていたのだが……。

どうやら、人間というものに我は期待しすぎたのかもしれぬ。

すると聞こえてきたのは、軽やかな笑い声だった。

『これって、ルブルさんのおかげってことかな』

『いや、だってトレーニングとか嫌だぞ、俺』

『それと比べたら、貴族に逆らうことなんて、どうってことないね』

『まあ、これが終わったら、感謝の言葉の一つぐらいはかけてやろうぜ』

最後にみんなが『うん』と頷く。

そっと扉の隙間から見ていた我は、感激の涙を流した。

相変わらず我を怖がっているようではあるが、一応感謝はしてくれているらしい。

我とトレーニングすることについて何をそんなに怖がっているのかわからぬが、同級生たちがモチベーションを上げる要因としてくれているのなら、我としては本望だ。

それに対抗戦が終われば、感謝の言葉をかけてくれるらしい。

我はかつて魔王だった。人々の呪詛の声を聞いて、育った怪物だ。

そんな我に感謝の言葉とは……。良い……。良いなあ。ぜひ聞いてみたいぞ。

そのときこそ、Fクラス全員と真の友情が育まれ、ついに我と友の契《ちぎ》りを結べるやもしれぬ。

「その銀髪……。貴様がルブルか？」

不意に我の耳に飛び込んできた声に、我は反応した。

複数の生徒とともに、灰色の髪の学生が腰に手を置いて立っている。

制服からして、聖騎士候補生、しかも次に戦うBクラスのようだ。

「あれって、Bクラスの――」

「ルマンド・ザム・ギールじゃねぇか……」

「まさか！　あれが閃光の騎士……？」

「すでに中央教会の聖騎士の内定をもらってるって」

いつの間にやら控え室からFクラスの生徒たちが顔を出していた。

恐怖に顔を引きつらせながら、ルマンドなる男についての話を始める。どうやら音に聞く実力者らしい。

なるほど。雰囲気がある。そこらの聖騎士候補とは違う、強者の佇まいだ。

そのルマンドは我が同級生のほうに鋭い視線を向けた。

「調子に乗るなよ、愚民ども。EのクズもCのふぬけどもも油断していたのだ。だが、我らはそうはいかん。わかっているのだろうな。我ら貴族に手をあげたら貴様ら――この学院にいられると思うなよ？」

ルマンドは眼光を光らせる。

我からすれば、それは児戯に等しい恫喝であったが、同級生たちは違う。

竦《すく》みあがり、等しく顔を青くしている。中には何もしていないのに尻餅をつく生徒すらいた。

ルマンドの姿が廊下の角に消えていくと、同級生は一斉に頭を抱えた。

「くそ！　これが貴族のやり方かよ」

「終わったな、俺たち」

「学院をやめるか。ボコボコにされるか」

「結局俺たちって、つくづく底辺だってことだよな」

最後に『はあ……』と深いため息が漏れる。

ここまで連勝を続け、上り調子であった士気が、すっかり萎《な》えてしまっていた。

どういうことだ？　我には理解ができぬ。

ルマンドの言動にみんなが怯えているようだが、本来貴族とは平民を守る者ではないのか？

少なくとも我は父ターザムからそう教わった。王都では違うのだろうか。

「ハーちゃん！　皆さん、なんであんなに落ち込んでいるんですか？」

「ルマンドさんは伯爵で、とても有力な貴族なの。エリニューム教にも多額の寄付していて、
この聖クランソニア学院の上層部にも強い影響力を持ってるって、パパから聞いたことがある。

もし逆らったら、わたしたち退学させられるかも」

「そんな……」

やっと……、やっと汚名返上の機会が訪れたと思ったのに。

このFクラスがなくなるだと！　ダメだ！　絶対にダメだ！　それだけは許さぬ。

なんにせよ。みんなのやる気を、士気を回復させねば、我らは勝てぬ！

我は回復魔術を使った。

「え？　なんでこのタイミングで回復魔術？」

「べつに俺、怪我してないけど」

「ジャアクの考えていることはわからないな」

「てか、無駄に魔力を使うなよ」

「そんなことどうでもいいでしょ。私たち負けるんだからさ」

またため息だ……。おかしい。みんなの士気がまったく上がらない。

むしろ、さらに下がっているように見える。

我の回復魔術でも、Ｆクラスの地に落ちた士気を回復させることはできぬのか。

違う。回復魔術のせいではない。すべては我が未熟だから。そう。我の回復魔術が未熟なせいなのだ。おおおおお！　なんということか！　対抗戦が終わったら、回復魔術を一〇〇〇〇回だ。

しかし、我には己を鍛える前にやることがある。

我が未熟なせいで、Ｆクラスの士気を上げることができなかった。本当に――――。

「ごめんなさい」

瞬間、我の言葉を聞いたＦクラスのみんなが凍りつく。

ハーちゃんもビックリして、眼鏡の奥で目を丸くしていた。

「ルーちゃん？」

「(え？　なんでルブルさん、謝ったの？)」

「(わかんねえよ)」

「(なんか不吉の前兆とか？)」

「(なんにしても怖ぇ……)」

またみんな、ひそひそと喋り始める。

我は頭を下げたまま謝罪を続けた。

「私の回復魔術が未熟なばかりに、みんなの士気を上げることができなくて」

（え？　どういうこと？）

（何を言ってるんだ？）

（おい。誰かわかるように説明してくれ）

（おかしい……。ジャアクが落ち込んでいるように見えるぞ）

クラスメイトたちは戸惑うばかりだ。違う。戸惑っているのではない。おそらくとぼけてくれているのだ。本当はみんな、我の回復魔術が未熟であることを罵倒したいのであろう。

でも、我はジャアクゆえに恐ろしくて口に出せぬのだ。

「聖女失格ですね、私」

でも……、たとえ我が未熟でも……。

「みんな……、みんなには勝ってほしいんです！」

なぜか、地面に水滴が落ちていた。

雨かと思って天を仰いだが、ここは室内である。雨など降ろうはずがない。

ふと我は、我の頬が熱いことに気付く。指先で触ってみると、しっとりと濡れていた。

手でごしごしと拭うが、拭っても拭っても後から垂れてくる。

その出所が自分の瞳だと気付いて、我はようやく気づいた。

（我の、涙か……）

人に涙という機能があることは知っている。

仲間の死を悲しむ時。命乞いをするとき。あるいは闇雲に挑みかかってくるとき。

必ず人間たちは我の前で涙を流した。

魔王であるとき、我にはその機能はなかったが、人間となった今、すでに何度か流してきた。

しかし、今日の涙は違う。何か特別なもののように感じる。

昔、勇者ロロに「人間はいつ如何《いか》なるときに、涙を流すのか」と訊いたことがあった。

ロロはこう答えた。「感情が昂ぶるとき」だと。

感情……。今、我の胸に往来するのは、感情……そう。悔しさだ。

仲間たちに気遣われながら、目の前にいる仲間たちを回復できない己の未熟。どうしようもないやるせなさ。絶望的な悔しさを前にして、ついに我の目から涙が溢れたのだ。

涙を見ながら、己を恥じる一方で、自分がつくづく人間になったのだと思い知らされる。

「おい。ジャアクが涙を流してるぞ」

「これは吉兆か？　それとも凶兆か？」

「でも、きれい……」

「やっぱルブルさんって、かわいいよな」

「なあ。俺たち、このままでいいのか」

「良くないでしょ。女の子をこのまま泣かせておくつもり？」

「だよな。やってやろうぜ！」

「オレたちの人生が詰むかもしれないけど」

「やられっぱなしの人生なんて、もう詰んでるのも一緒だろう」

一度は下がった皆の士気が、唐突に跳ね上がったのだ。

どういうことだ？　もしや我の回復魔術が時間をおいて効いた？　そんなことがあるのか？

「怒られようとも、あとで罰を受けようとも知ったことじゃねぇ」

「そうだ。なんせこっちにはな。ジャアクがついているんだ」

「なら俺たちもまた〝邪悪〟だな！」

「邪悪のＦクラスの力を、お高くとまった貴族様に見せてやろうぜ」

「「「おおおおおおおおおおおおおおおおおおおお!!」」」

廊下で弱小軍団といわれたＦクラスの生徒が声を張り上げる。

声に呼応するように鐘の音が響いた。ついにＢクラスとの対抗戦が五分後に始まる。

だが、Ｆクラスの生徒の足取りは軽い。みんな、意気揚々と控え室から出ていく。

その顔は明るいとか爽やかというわけではなく、何か邪な雰囲気が漂っていた。

一体何が起こったのか。我はただ涙を流しただけだというのに、死地とわかって飛び込んでいくデーモンが戦地へと足を運ぼうとしているようだ。

なぜだ？　なぜ、みんなあんな顔を……。

（ハッ！　そうか。我の魔眼か）

おそらく涙によって、無意識になんらかの術式をＦクラスの生徒にかけてしまったのだろう。

いつもであれば未熟と呪うところだが、今ここにあって魔眼にかかっているのは僥倖《ぎょうこう》やもしれぬ。仮に魔眼を解除すれば、以前のFクラスに戻ってしまうのだからな。

皆が戦意を取り戻した今――この一戦、必ず勝たねばならぬ。

そのためなら魔眼であろうと、悪魔に魂を売ろうと関係ない。

やっと友達になれるかもしれないのだ。

みんなから再び邪悪とそしりを受けようとも、我はこのクラスを助けてみせる。

気が付けば、目の前に心配そうな顔をしたハートリーが立っていた。

「大丈夫、ルーちゃん？」

「うん。大丈夫。……勝ちましょう！　みんなの力で……」

勝利に燃える我の目に、すでに一粒の涙も残っていなかった。

◆◇◆◇◆

ついにBクラスとの模擬戦が始まる。

競技会場中央には、Fクラスの面々がすでに整列していた。

むろん我もハートリーも準備万端。観客席からはネレムの声援が聞こえた。

対するBクラスは、余裕のつもりか遅れてやってくる。

さすがは貴族の子息たちだけあって、我らと比べて武器が違う。

入学前から英才教育を受けているという噂は本当であろう。感じる気迫がEクラスやCクラスの生徒とはまるで違う。学徒というよりは、もはや一国の騎士のようだ。

「ノコノコ出てきおって……。よほど死にたいらしいな」

進み出てきたルマンドのこめかみには、すでに青筋が浮かんでいた。

猛牛のように赤くなったルマンドに対して、我は微笑で返す。

「さすがの貴族も、殺せば罪に問われるのではないですか？」

「表を歩けなくしてやると言ってるんだ！　オレに逆らったら、お前らだけではない。家族とて危ういのだぞ！」

ルマンドは我から目を背け、背後に控えた我が戦友たちを脅した。

少し前のＦクラスであれば、竦みあがっていたことだろう。しかし、今の友らは以前までの友ではない。我の回復魔術で勇気を回復し、叛逆の意志に燃える闘士たちである。

戦うと覚悟を決めた者たちにルマンドの恫喝は、むしろその反逆精神を刺激するだけだった。

「構わねぇ……」

「こっちは邪悪！」

「悪は悪らしく」

「貴族様に楯突いてやるよ」

「なんてったって、こっちに本物のジャアクがいるんだからな」

ルマンドの脅しに、Ｆクラスは一致団結して言い返す。

みんなの面構えが違う。もう弱小Ｆクラスとは誰にも言わせぬ迫力があった。

「良かろう。お前たちがその気ならば、こちらも容赦はせん。お前らが邪悪というなら、このまず目で閃光の騎士ルマンド・ザム・ギールが、悪を打ち払うだけだ」

ついに模擬戦の開始時刻となる。

前衛に聖騎士、後衛に神官と聖女が所定の位置に並んだ。

Bクラスには若干の緊張の色を感じるが、Fクラスは違う。己の得物を振り回したり、時々舌で刃を舐めていたりする者もいる。いったいどういう心境でそんなことをしているのか知らぬが、危険だからやめたほうがいい。あと不衛生だ。

真向かいに立ったルマンドは、こめかみに青筋を浮かべて対峙する我らを睨んでいる。

貴族に楯突く弱小軍団に、まず目で怒りをぶつけていた。

「はじめ！」

ついにFクラスとBクラスの対抗戦が始まる。

先に仕掛けたのはBクラスの者たちだ。ありったけの身体強化系の魔術をルマンドに浴びせ、さらにルマンド自身も自己強化系の魔術で身体能力を高める。どうやらBクラスは攻撃をすべてルマンドに任せ、一点突破を試みるつもりらしい。

力が満ちると、光の狂戦士ともいうべき男が立っていた。すかさずルマンドは飛び出す。

（なかなか速い）

身体強化魔術と一口でいっても、じつは奥が深い。魔術によって筋力が増強しても反応速度やタイミングは、自分で取らなければならない。柔《やわ》な鍛え方なら、身体はすぐにすり減ってしまう。しかしルマンドにそんな危険性は感じない。魔術を完全に制御できていた。

相当なセンスにくわえ、鍛錬を積んでいるのだろう。

貴族のボンボンだと決めつけていたが、周りが騒ぐ程度には非凡のようだ。

「食らえ!!」

ルマンドは一瞬にして距離を詰める。持っている細身の剣を鞭のようにしならせ、一斉に襲いかかってきたFクラスの聖騎士たちを一息で切り裂いた。ルマンドの斬撃は凄まじいに尽きる。一瞬にしてFクラスの聖騎士たちの防具がバラバラにされてしまった。

「ぎゃあああああああ!」

「キャアアアアアアア!」

「いてぇえ!!」

Fクラスの聖騎士たちから悲鳴が上がる。

ほかでもない。友たちの声である。当然気持ちのいいものではない。我とて身を切られる思いだ。

しかし、あろうことかルマンドは愉快げに笑い、罵った。

「ははははははは!　どうだ!　オレの斬撃は!!　Fクラスの防護魔術など一撃で……」

確かにFクラスの聖騎士たちには、防護魔術がかかっていた。その効果の上からダメージを通したルマンドの才は、さすがと言わざるを得ないだろう。しかし、たかがその程度のことで調子に乗ってもらっては困る。

大笑するルマンドに襲いかかったのは、今切り裂いたばかりのFクラスの聖騎士だった。

慌ててルマンドは防御を選択する。

振り下ろされた剣を弾き、いったん後方に下がって様子を見た。

「なに……？　お前たち、さっき斬られて――」

しかし、どう見てもFクラスの聖騎士に傷はない。

それどころか気迫は増すばかりだ。ルマンドが引いたおかげで、一気にFクラスの戦線が押し上がる。慌てふためくルマンドを見ながら、我は不敵な笑みを浮かべた。

「どうしましたか、ルマンドさん？　何を狼狽えているんです？」

「くそ！　お前たち、行け!!」

ルマンドが指示し、他の聖騎士をぶつける。

Bクラスの聖騎士はルマンドだけではない。十分実力を兼ね備えた聖騎士たちが、迫り来るFクラスの聖騎士たちに剣を叩きつける。その圧力にFクラスの聖騎士たちは為す術《すべ》がない。

戦闘用馬車にひかれたみたいに吹き飛んだ。骨が折れた音、血しぶきの舞う音が聞こえる。

Fクラスのみんなは倒れ、あるいは悲鳴を上げながら蹲った。

そして、次の瞬間再び立ち上がる。

「やあああああああああああ!!」

逆襲すると、気持ちのいいぐらい反撃が決まった。

刃引きされていない剣が、Bクラスの鎧の隙間に偶然滑り込み、鎖骨を叩き折る。

「いてぇぇぇぇぇぇぇぇぇぇぇぇぇぇぇぇぇぇぇぇぇぇぇ!!」

今度はBクラスの聖騎士が蹲る番だった。

Bクラスの聖女が慌てて回復させるが、Fクラスの魔術妨害によって阻害される。

聖騎士はのろまな聖女たちを罵るが、そんなことをやっている暇はない。ゆらりと生ぬるい気配を感じて振り返ると、Bクラスの生徒には悪鬼となったFクラスの聖騎士が居並んでいた。

やめろ、という懇願も虚しく、Bクラスの聖騎士ボコボコにされて意識を失う。

「おかしい……。なんで立てる？　Fクラスが、平民や弱小貴族がなぜ？」

「簡単なことですわ、ルマンドさん」

「ジャアクか！　貴様、何をやった？」

「難しいことはしてません。ただ回復させてるだけです。一瞬にして、みんなの傷を」

Bクラスの致命打を受けたFクラスの聖騎士が、何事もなく起き上がり、反撃する。

ゾンビの群れのように、何度も何度も蘇っては、Bクラスの聖騎士に襲いかかっていった。

「そんな……一瞬で回復魔術を……。いや、待て!!」

ルマンドは振り返った。

「おい！　Fクラスの回復魔術を阻害しろ！　役立たずの神官ども！　何をしている!!」

「や、やってます」

「でも――」

「これは単純に……」

「向こうの魔力が強くて」

「レベルが違いすぎる」

Bクラスの神官たちはそろって悲鳴を上げる。

「馬鹿な！　Bクラスの神官たちが本気になっても止められないだと。……まさか！　Cクラスの連中の敗因は……。貴様か、ジャアクゥゥゥゥゥゥウウウウウ!!」

ルマンドは吠える。

今さら気づいたのか。そのとおり、このゾンビ戦略を考えたのは我だ。

といっても、べつに難しいことではない。我はただ聖騎士たちに回復魔術を送り続けているだけ。Fクラスの聖騎士たちはゾンビのように襲いかかり、聖女たちは懸命に回復魔術を送り、神官たちはやれる限りの手段で相手の魔術を阻害する。

結果、我の同級生たちは、Bクラスを追い込んでいった。

これはすでにCクラスと戦うときに用いたものだが、どうやらBクラスは我らを侮り、まったくその戦い方を見ていなかったらしい。

敵状分析など基本中の基本だ。才能はあるようだが、基本の大切さを知らぬ者に勝利はない。

「お、おそろしい。……いや、おぞましい」

「Fクラスと戦わなくて良かった」

「ゾンビ……うっ、トラウマががががが」

「まさにジャアクに従えし、ゾンビ軍団ってわけかよ」

一人、また一人とBクラスの聖騎士を倒していくFクラスを見て、模擬戦を見ていた教官や生徒たちはおののき、ある者は心に抱えた闇を思い出して頭を抱えた。

陰鬱な空気になる観客席とは裏腹に、戦っている我らの士気はさらに上がっていく。

「すごいよ、ルーちゃん」

「油断せず、そのまま回復魔術をかけ続けて、ハーちゃん。まだ模擬戦は終わってないわ」

とはいえ、すでにチェックメイトだ。

いつの間にかBクラスの戦力は後方で様子を見ていたルマンドだけになっていた。

「ひぃぃぃいぃいぃいぃいぃいぃい！　来るな来るな!!」

そのルマンドの精神はすでに崩壊していた。

剣を闇雲《やみくも》に振るうが、ゾンビとなった聖騎士にはまったく通じない。

いや、ゾンビ以上だろう。切られた瞬間から、傷が回復するのだからな。

Fクラスの聖騎士たちはルマンドを囲い、剣を掲げる。

その凶器よりも、Fクラスが浮かべる邪悪な笑みのほうがルマンドには恐ろしいものだったらしい。

「ぎゃあああああああああああああああ！！！」

汚い悲鳴のあと、ついに決着がつく。

審判は信じられないとばかりに固まっていた。

手を上げたくないのか、それとも恐怖のあまり上げられないのか。

「審判さん、いかがしました？」

我が微笑を浮かべ、尋ねる。

審判は「ヒッ！　ジャアク！」と悲鳴を上げたあと、慌てて手を上げた。

「しょ、勝者！　Ｆクラス!!」

「「「やったぁぁぁあああぁぁあああああ!!」」」

両腕を高々と天にかざし、Ｆクラスの生徒たちは喜びを爆発させる。

「やった！　やったよ」

「Ｆクラスが、Ｂクラスを倒したんだ」

「俺たち、じつは強いんじゃね」

「それは違うだろ……」

みんなの視線が、我のほうを向く。

Ｆクラスの聖騎士候補生、神官候補生、そして聖女候補生たちが我の周りに集まった。

まず前に進み出たのは、ハートリーだ。

「やったね、ルーちゃん」

眼鏡を取り、すでに浮かんでいた涙を拭う。よっぽど嬉しかったのだろう。

歓喜していたのは、ハートリーだけではない。

他のＦクラスの生徒たちも同様だ。顔を赤くして、全員が興奮状態にあった。

「こんなに気持ちいいのは初めてだぜ」

「なんせ貴族をぶっ飛ばしたんだもんな」

「スッとしたぜ」

「ジャアク……いえ。違うわね。ありがとう、ルブルさん」

みんなが感謝の意を示す。

そこに恐れはない。それどころか、我をジャアクと知りながら、笑顔を向けていた。

邪な笑みではない。それは普段、我がいない教室で同級生に向けるそれと似たものだった。

何より、我をジャアクではなく、ルブルと……。

ああ。なんとこそばゆい。魂が猫じゃらしでなでられているようだ。

無闇に顔が熱くなる。悲しくもないのに、涙が出そうになる。みんなが我を「ジャアク」ではなく、「ルブル」と呼んで労《ねぎら》ってくれる。なんと眩い光景か。この黄金の光に満ちたような光景は、どんな宝石よりも尊い。許されるなら、ずっと我がものにしておきたい。

だが、今この者たちは我の魔眼にかかっている。ずっとそのままにしておくわけにはいかぬ。

魔眼の魔力を放置すれば、やがて心を病んでしまうからな。魔眼を解けば、おそらくFクラス全員が正気に戻るだろう。そうなれば、また我は「ジャアク」に逆戻りだ。でも、良い。我との友情よりも、この者たちがずっと健やかである方が、重要なはずだ。

我は魔眼の効果を解く。

これで周りにいるFクラスの生徒は逃げていくと思っていた。

だが、一向に変わらない。それどころか談笑を続ける始末だ。おかしい。魔眼の効果はとっくに切れているはずなのに。

「あの……。皆さん、私のこと怖くないのですか？」

「怖いわよ」

ある聖女候補生があっけらかんと答えた。

一瞬、我もそうであろうと頷きかけたが、その聖女候補生は実に快活に笑っている。

彼女だけではない。聖騎士候補も、神官候補もな同じ顔をして我のほうを見ていた。

「でも、一蓮托生《いちれんたくしょう》ってヤツ？」

「貴族を殴っちゃったし。俺たちもジャアクに染まったからな」

「オレたちも同じ穴の狢《むじな》ってわけだ」

我らが立っているのは、対抗戦が終わったばかりの戦場だ。

しかし、我らを包む雰囲気は我が夢にまで見た温かな教室そのものだった。

皆が自由に、じつに闊達に、笑い、喜び、楽しむ。あの教室の雰囲気がそこにあった。

その中心にいるのは我だ。みんなが我に話しかけてくる。

それはまるで――――。

「友達みたい……」

つい口に出すと、目の前の聖女候補生はキョトンと我を見つめていた。

「みたいって……。何を言ってるの」

「ご、ごめんなさい。私――――」

「あたしたち、とっくに仲間でしょ」

「そうそう。同級生なんだし」

「ルブルさん、怖いって言われてたけど、そうでもないってわかったしな」

「オレは前から、かわいいとは思ってたけどな」

「あんたたち、手の平返しが早すぎでしょ」

仲間？　同級生？　つまり、これは……。

誰かが我の手を握った。

ハーちゃんだ。

まるでマリルのように笑って、こう我に諭した。

「みんな、ルーちゃんの友達になりたいんだよ」

……お。おおおおおおおおおおおお！

我は思わず叫んでいた。

やった！　友達ができた。

それもいっぱい！

「おおおおおおおおおおお!!」

我は喜びを露わにする。

ほかの生徒たちはビクリと肩を震わせて、驚いていた。

「あ、あれは何？　ハートリーさん」

「すっごく喜んでいるんだと思う」

「あれで喜んでるの？」

「なんか魔獣の咆哮みたいね」

苦笑を浮かべると、そのまま軽やかな声が響き渡った。

奇跡だ……。奇跡が起こった！

ついにクラスメイトたちが我を友と言ってくれたのだ。

未熟さを晒し、涙も見せた。落ち度ばかりの我を哀れんでのことかもしれぬ。

だとしても、みんなが我の名を呼ぶ。我を友達と認めてくれている。

これほどの昂揚は、五〇〇〇年生きてきて初めてだ！

見ておるか、大聖母殿！　我はこんなにも友達ができた。ようやく我は回復魔術を極めるということに一歩、いや一〇〇〇歩ぐらい近づいたかもしれぬぞ。

よし！　この調子で、他のクラスも我が友にしてくれよう。

ふふふ……。やっと、ちょっと我らしくなってきた気がする。

第八話

「貴様らぁぁあああぁあぁぁぁぁあぁあ!!」

Ｆクラスとの蜜月は、長くは続かなかった。叫んだのはルマンドだ。

その後ろには、Ｂクラスの聖騎士たちが並んでいる。

模擬戦でコテンパンにされたというのに、表情は怒りに満ち満ちていた。

「貴族に楯突いたらどうなるか。わかっているんだろうな！　このまま学校にいられると思うなよ」

「ルマンドくん、やめたまえ。勝負はついた」

審判が仲裁に入るが、ルマンドは矛《ほこ》を収めない。

逆にその矛を投げつけるように、審判を睨む。

「学院の職員風情が……。お前らも、我ら上級貴族に楯突くというのか？」

「そ、それは……」

「だったら黙っていろ。乞食どもが」

学院も、母体であるエリニューム教も、その運営資金は貴族の寄付で賄われている。だが、それにしても『乞食』というのは、些《いさ》か言い過ぎだ。審判も、教員も、職員も、この素晴らしき学院も、二度と経験できぬ尊い学舎であるというのに。よほど両親の教育が悪かったのだろう。

「まずはお前らの家族を集めろ。お前らの眼前で、貴族の前で取るふさわしき行動というものを親からレクチャーしてやる」

「そんな！」

「親父たちは関係ない！」

「オレの母親は病弱なんだ」

「卑怯よ！　それが貴族のやること？」

Ｆクラスのみんなは、口々に叫ぶ。側にいたハーちゃんの手も震えていた。その手を、我は握る。大丈夫、と目で合図をした。

「黙れ。愚民が！　そもそも我らに手を上げたお前らが悪いのだろうが!!　自分から叛逆者の道を歩んだのだから、文句は言えまい」

〝一理あると思うけどさぁ。その叛逆者に、衆人環視の場で負けた君たちのほうが、文句を言えないと思うけどなあ〟

それは突然、空から降ってきた。

男だ。聖騎士候補生の制服を乱暴に羽織り、足には藁で編んだ粗野な草履《ぞうり》を履いている。

黒に金色の混じった髪は獅子の鬣《たてがみ》のように荒れていて、その下からのぞく瞳は山盛りの財宝を見た後のように輝いている。

多くの貴族の子息を抱える聖クランソニア学院では、あまり見ない異質な雰囲気。

何より目を引くのは、その肩に担がれた大太刀だった。

「Aクラス第三候補生………ミカギリ・ザザ――――」

闖入者の姿を見て、ルマンドは息を呑む。

ほう。Aクラス、しかも第三候補生。つまりは我らの先輩殿か。

なるほど。他の者とは異質な理由はそれか。

「オレの名前を知ってるんだな」

「当たり前です。この学院の『八剣《エイバー》』――次期聖剣候補者にもっとも近い人間を知らないはずがありません」

「次期聖剣候補者か。なかなか持ち上げてくれるね、ビー君」

「は？　ビー君？　失礼ながら、私にはルマンド・ザム・ギールという名前が……」

「別に……。興味ないよ、君の名前なんて」

「え？」

「それにさ。Fクラスなんかに負けておいて、権力を振りかざすとかゴミ以下でしょ」

瞬間、血煙が舞う。

同時に二本の腕が、血を吐きながら、くるりと回転していた。

何か冗談めいた軽い音を立て、地面に落ちる。

血溜まりが広がっていくのを見て、ルマンドは悲鳴を上げた。

「ギャアアアアアアアアアアアアアアア!!」

みんなの視線が向いたときには、ルマンドの二の腕より先がなくなっていた。

ドボドボと血を流し続け、痛みに耐えかねルマンドは蹲る。

「まったく無反応だったたね。期待の第一候補生とは聞いていたんだが、この程度か。なるほど。そりゃFクラスにも後れを取るよな。……君、才能ないよ。聖騎士になるの、諦めたほうがいい」

冷たく突き放すような言葉が、訓練場に響く。

詰め寄ったのは、先ほどの審判だった。

「何をしているんだ、ミカギリ君!?」

審判の後ろには、多くの教官が立っていた。ルマンドを止めるために援軍を呼んだようだ。

取り押さえようと構えるも、ミカギリという輩《やから》は構えもせずに、ただ泰然と立っていた。

贔屓《ひいき》目でなくてもわかる。この場において誰が強いか。

ミカギリは集まってきた教官を一瞥したあと、悪びれることもなくこう言った。

「教官殿。これはしつけです」

「しつけ?」

「オレはAクラスの聖剣候補生。それも第三候補生です。上級生として、下級生を指導するのは、当たり前のことでしょ」

「だが、腕を切るなど。回復魔術でも一度肉体から離れた組織を元に戻すのは難しいのだぞ」

「今は回復魔術の技術が進んでいるし、大丈夫でしょ。そもそも、そのための聖女じゃないですか？　まあ、筋や神経まで治るかわからないですけどね。ですが、才能のない者に引導を渡すのも、上級生の務めかと」

「し、しかし――」

声を荒らげる教官の前に突きつけられたのは、大太刀だった。

「それ以上、何か言うのであれば、教会法廷にかけるなりなんなりしてください。まあ、貴重な聖剣候補生を、こんな雑事で失うほど、あなたたちは愚かではないでしょうが」

ミカギリの忠告を聞いて、教官はそれ以上何も言わなかった。そのまま後ろに下がる。

教官殿は悪くない。このミカギリという輩が強すぎるのだ。

ここにいる教官たちは、第一候補生のBクラス程度なら黙らせるぐらいの素養しかない。

だが、このミカギリはそれ以上の逸材だ。聖剣候補生というのも、嘘ではなかろう。

「よし。これでいいでしょう」

「ん？」

得意げに笑っていたミカギリが振り返る。

ちょうど我がルマンドの腕を回復魔術で治したところだった。

「ジャアク……。お前はいったい何をやっているんだ？」

睨んだのは、当のルマンドだった。ほかのBクラスの連中も我が取った行動に驚いている。

視線に構わず、我はルマンドの手の甲をつねった。ルマンドの顔が苦悶に歪む。

「痛《い》ったたっっっっっ!!」

「どうやら、神経も無事通ってるようですね」

「そんな、あの大怪我を一瞬で」

「しかも神経はおろか、筋肉や骨まで完璧に再生させるなんて」

「すごい……」

Bクラスの聖女たちは目を剥く。

一番唖然としていたのは、ルマンドだった。

何度も手を開いたり握ったりしながら、手の感触を確かめている。

ルマンドの傷が治ったのを見届け、我は振り返る。

瞬間、我の額にあの大太刀が突きつけられる。

「動くな。それ以上、勝手なことをするんじゃない」

「勝手なこととは何ですか？　私は聖女候補生、傷を負っている者がいれば、癒やすのが聖女としての務めではないですか？」

「大層な志だ。立派といえるだろう。しかし、そこにいるビー君はお前たちを脅迫してきたんじゃないのか？　そんな相手でも、回復させると？」

ミカギリは依然として我に殺気を向けながら質問する。大太刀を向ける男の言葉に、同調したのは、意外にもFクラスの生徒たちであった。

「そ、そうだよ、ルブルさん」

「ルマンドは俺たちを脅したんだ」

「むしろざまーみろだろ」

「上級生の言うとおりだ！」

今度はFクラスのほうから声が上がる。

それを聞いて、ミカギリはニヤリと笑った。

「お友達もこう言ってるぞ」

「何度も申し上げましょう。傷を癒やすのが聖女の務めです。私はこの学校に来て、そう学びました」

回復魔術は、己の欲や権力を満たすため、まして施し与えるためのものではない。

傷を負っている者、病魔に冒された者を人種や階級など関係なく、癒やす奇跡である。

聖クランソニア学院に来て、最初の授業で習うことだ。聖騎士も神官も同様のことを教えられるはず。教官殿たちからの金言を、どうしてこの者たちは忘れられるのか。不思議でならぬ。

「本当にそう思っているのか？」

「むしろあなたたちはこの掟を守らず、好き勝手していることに驚きを禁じ得ません。ただここまでFクラスと平民を蔑んだ者に施しを受けた誇り高き王国貴族が、醜い仕返しを繰り返すとは思えませんが」

はっきりそう言うと、横でルマンドが俯いていた。

その姿に、復讐してやると息巻いた貴族の姿はない。

「面白い。噂で聞いていたよりも、ずっと賢そうな生徒のようだな、ジャアク」

「恐れ入ります、先輩。ですが、私はあなたに対し失望しています。聖剣候補生と謳われ、成績優良な生徒が下位クラスの生徒を奇襲する卑怯者とは思いませんでした」

殺気がさらに膨れ上がる。ミカギリの髪がぞわりと動いたような気がした。

「誰が卑怯者だと……」

「あなたのことですよ、ミカギリ・ザザ」

「Fクラス風情が――――」

ミカギリは大太刀を振り上げる。

だが、振り下ろされることはなかった。

その前に、我がミカギリにピッタリと貼りつき、間合いを潰したからだ。

「どうしました、ミカギリ先輩？」

「――――ッ!!」

ミカギリは反射的に後退する。我は無理に追わなかった。

次にミカギリが吐き出す言葉を待つ。

「勝負だ、ジャアク」

「いいですよ」

我が即答すると、にわかに周囲の教官たちが騒ぎだす。

「やめろ！　生徒同士の私闘は禁じられている」

「これは私闘じゃありませんよ、教官」

「ジャ――――ルブルさんまで何を言ってるんですか？」

「我々はBクラスの生徒を倒しました。次の模擬戦の相手はAクラスのはずですが」

我が尋ねると、最初に反応したのはミカギリだった。

「くははは……。だから、戦うか。間抜けめ。AクラスがB以下の雑魚《ざこ》なんか相手にするかよ。Aクラスには、オレを含めたほかの『八剣《エイバー》』や次期候補となる第二候補生もいるんだぞ。ましてお前らは第一候補生だ。相手になるかよ」

ミカギリは肩を竦める。

「そうですか？　でも、あなたは相手をしてくれるのでしょう？」

「いいね。そこまで言うなら特別に先輩から後輩に講義してやる。まずは口の利き方からだ」

ミカギリは大太刀を掴み直して、構えた。

教官たちは何も言わない。ただ膨れ上がっていくミカギリの殺気におののくだけだ。

自然と人の気配が遠ざかっていき、再び戦いの空気が流れ込んでくる。

「ルーちゃん……」

「大丈夫だよ、ハーちゃん」

我は腕を掲げて、言葉に応えた。

ハーちゃんが競技会場から出て行くのと入れ替わるように、審判役の教官が話しかけてくる。

「る、ルブルさん……。こうなった以上、もうあなたに任せます」

「ご心労をおかけして申し訳ありません、教官」

「何か我々ができることは？　たとえば、剣とか？」

教官はミカギリの大太刀を見つめる。

我も視線を送りながら、ゆっくりと銀髪を揺らした。

「必要ありません」

「剣相手に、無手で挑むのですか？」

「剣を持っている相手に、剣で相手をするなんて未熟者がすることです」

「み、未熟？」

「ご心配なく。私は回復魔術においては未熟者ですが、剣術においては少々自信があります」

「少々自信……？　舐めているのか、オレを」

教官との会話が聞こえていたのだろう。ミカギリは目を細める。さらに手に何も持たず退治しようとする我を、憎々しげに見つめた。我はつい口端を緩め、言葉を返す。

「必要ないだけです。剣は一本で十分ですから」

「は？　何を言ってんだ？」

「わからないなら教えて差し上げましょう」

問答は終わり、そこにスルスルと審判が現れる。

両者を見合ったあと、やや声を上擦らせたまま開始を告げた。

「はじめ……！」

最初に動いたのは、ミカギリだった。

たん、と地を蹴り、我との距離を詰める。重そうな武器をものともしない。

ぐりぐりと捻転しながら、まるで烈風の如く我に迫る。

当然、そこにはひりつくような殺意が含まれていた。

我でなければ、初撃で死んでいただろう。我でなければな……。

バチッ！

剣戟の火花が散るかと思えば、違う。烈風の如く迫ったミカギリの動きが止まっていた。

それもそのはずであろう。ミカギリの大太刀を、我が両手で挟んで止めたからだ。

「――――ッ！」

ミカギリが事態に気づいたときには遅い。

我は大太刀を自身の身体に引き込む。体勢が崩れ、ミカギリの握力が一瞬緩んだ。

それを見逃さず、大太刀を取り上げると、そのまま我は大太刀の柄《つか》を握る。

間髪を容れず、ミカギリの肩へと落とした。

「ギャッ!!」

大猿のような悲鳴を上げ、ミカギリは肩を押さえて蹲る。

安心するがいい。峰打ちだ。我は聖女。人を癒やしても、傷つけることなどしない。

魔王であったときなら消し炭にしていただろうがな、こんな無礼者は。

「言ったでしょ？　剣は一本で十分と」

「き、貴様ぁぁぁあ！　返せ！　オレの剣を!!」

先ほどまで涼やかだったミカギリの顔が怒りに歪んでいく。

まるで猿が喚いているかのようだった。

「はい」

我はあっさりと大太刀を返す。

「貴様、愚弄しているのか、オレを」

「返せと言われたから返したのですが……。まだ続けますか？」

「当たり前だ」

ミカギリは気勢を吐いて、大太刀を構える。

だが、肩の傷が響いて、思うように動けない様子だった。やれやれ……。

〝さあ、回復してやろう〟

我はミカギリに向かって、回復魔術を放つ。

「な！　回復魔術だと！　お前、敵に向かって……」

「ご心配なく、単なる私のポリシーです」

「はあああ??　ぽ、ポリシー？？？」

「先ほど申し上げましたよ。傷ついた者を回復させるのが、聖女の務めだと」

「もういい。……後悔するなよ」

「残念ながら、生まれてこのかた後悔などしたことありません」

再び問答が終わると、ミカギリの殺意が高まる。

また地を蹴った。先ほどよりも速い。なるほど。最初のは本気でなかったのか。

なぜ、最初の一刀から本気を出さなかったのかわからないが、おそらくコンディションが悪かったのだろう。我の回復魔術を受けて、本気を出せるようになったに違いない。

うむ。どうやら、少しは我の回復魔術もマシになってきたようだ。これも友達効果かもしれんな。だが、この者の弱さまでは回復できなかったようだ。

ガキィン！

ミカギリは弾かれる。

「え？　今、何が起こった」

「ミカギリ先輩が、ルブルさんに迫っていったら」

「ミカギリ先輩が吹っ飛ばされたぞ」

「何が、どうなってるんだよ、この戦い……」

「あたいは、夢でも見てるのか？」

周囲は混乱していたが、一番動揺していたのはミカギリだろう。

なぜ、自分がここにいるのかすらわからないといった様子だ。

「ジャアク、お前何を――」

「動かないほうがいいですよ、先輩」

瞬間、ミカギリの肩口から血が溢れたのだ。

「げはははははははああああああ!!」

ミカギリの悲鳴が上がる。

がっくりと膝を落とし、手で押さえても溢れてくる鮮血を見ておののく。

また我は手をかざし、回復魔術を使う。ミカギリの傷を癒やした。

「じゃ、ジャアク……。お前、一体何をした？」

「べつに驚くようなことはしてません。ミカギリ先輩の剣の軌道を変えて、あなた自身のほうへ向かうようにしただけです」

「ば、バカな……。そ、そんなことができるわけが」

「できますよ。ミカギリ先輩と私の実力の差なら容易なことです」

「世迷《よま》い言《ごと》を!!」

ミカギリは声を荒らげ、また迫ってくる。

やれやれ……。弱ったな。これほど実力の差を見せつけても、まだわからんのか。

どうやら、この男の頭の悪さすら、我は回復できていないらしい。じつに未熟。

帰ったら、回復魔術をプラス一〇〇〇〇回頑張ろう。

「わかりました……。では、次が最後です」

「な、何をする気だ」

「また先輩の大太刀を弾きます。ただし今度は、首を落とします」

「く……」

「「「「く……」」」」

「「「「首ぃいぃいぃいぃいぃいぃいぃいいい!!」」」」

その悲鳴はミカギリだけではなく、周囲からも聞こえた。

「大丈夫です。回復魔術で回復してさしあげますから」

「お、愚か者! 首を落とされて、回復など」

「できますよ。信じてください」

昔、誤ってロロの首を落としてしまったのだが、その時回復魔術で治してみたら、案外簡単に治ってしまった。

「死んでから三秒以内に術をかければ、問題ありません」

「しょ、正気か、貴様!!」

「私は大まじめに言っているのですよ? それによく言うではありませんか……」
・・・・・・・・・・・・・・・・
馬鹿は死ななきゃ治らないって……。

「翻せば、死ねば治るという意味です。少しは先輩の愚かさが治るかもしれませんよ」

我の言葉に、周りの空気が変わる。審判やBクラスの生徒、先ほど強い絆を結んだばかりの我がFクラスの友たちまで、半ば口を開けたまま固まっていた。

ん？　我、なんか変なこと言った？

「や、ヤバい……」

「やっぱジャアクだ」

「首はさすがに引くだろう」

「本当に殺す気なんだ」

んん？　何か勘違いしてないか？

おかしい。我は単純にミカギリの頭の悪さを治したいだけなのだが……。

まあ、いいだろう。

「さあ、どこからでもかかってきてください」

「ひっ‼」

ミカギリは悲鳴を上げた。

一歩後ずさると、今度は地面に足を取られ、スッ転ぶ。

完全に戦意喪失していた。やっと我との戦闘力の差を理解したらしい。

我は無警戒にミカギリとの距離を詰める。

一瞬にして前に現れた我に、ミカギリは抵抗すらしない。完全に居竦んでいた。

我はまたあっさりとミカギリから大太刀を奪う。

「ミカギリ先輩、老婆心ながらお伝えしますと、この大太刀がダメですね」

「き、貴様……。何を言っている？　オレを愚弄するならまだしも！　その剣がダメなどと！

わかっているのか！　それは聖剣のレプリカだぞ!!」

聖剣のレプリカ〜〜〜〜〜〜〜〜?.?.?

これが？　うーん。まあ、多少は魔力を感じるが。

我に向けられた聖剣の一〇〇万分の一もないぞ。

所詮はレプリカか。だとしてもミカギリ風情に持たせておくには、少々もったいない代物だ。

【絶喰《ブリスト》】

我は風属性系の消滅魔術を使う。

大気を細かく操作し、物体を超震動させて破砕する魔術である。

一瞬にして、聖剣のレプリカは消滅した。その粉クズが音を立てて、地面に落ちる。

「はへ……」

ミカギリは情けない悲鳴を上げる。

粉クズになったレプリカを名残惜しそうに見つめた。

我は続いて魔術を披露する。

【害樹《ドレーン》】

巨大な樹木を生み出すと、再び【絶喰《ブリスト》】を使って、細かく削る。

すると一振りの木刀を削り出し、ミカギリに投げた。

「あなたには、それがちょうどいいでしょ。それで日に一万……。いえ、毎日一〇万回素振りをなさってください。そうすれば、いつか——いいえ、三七五〇年後ぐらいには私と対等に戦うことができるかもしれません」

「…………け…………る、な」

「ん？」

「ふざけんなあああああああああああああああ!!」

ミカギリは激昂すると、三度《みたび》襲いかかってきた。

どうやら、早速木刀を試したいようだ。せっかちなヤツめ。まるで子どもだ。

仕方がない。また先ほどの返し技を使うか……。

良かったな、ミカギリ。さすがの我でも、木刀で首を斬ることはできぬ。

折ることはできるがな。

『そこまで…………』

厳かな声が聞こえた。覚えのある声に、我は足を止める。

ミカギリも同様だ。我らはそろって声のほうへ視線を向けた。

「アリアル様」

アリアル・ゼル・デレジアが立っていた。

聖クランソニア学院の学院長にして、【大聖母】の異名を持つ聖女である。

我の憧れだ。

慌てて我は膝をつく。ほかの者も我に倣うように一拍遅れて頭を下げた。

「久しぶりですね、ルブルさん。元気そうで良かったわ。ただ元気が有り余りすぎているようだけど」

アリアル様は優しげなお顔で、我に声をかける。

だが、あの院長室で出会ったときとは違って、雰囲気に何か棘《とげ》があった。

珍しく怒っているらしい。ただしその矛先は我ではなく、ミカギリに向けられていた。

「学院長様、ご機嫌麗しく」

「ありがとう、ミカギリ君。ですが、すべて聞きました。Bクラスのルマンド君の腕を切り落とし、教官を恫喝。さらに下級生との私闘……。少々やりすぎではありませんか？」

「勘違いです、学院長様。今のは模擬戦ですよ、模擬戦」

「それだけではありません。最近、『八剣《エイバー》』の一部の生徒が権力を振りかざし、行き過ぎた行為に走っていると聞きました。増長していると」

「そんなことはありません。『八剣《エイバー》』であることを自覚し、ほかの生徒の手本となるべく行動を……」

「それがこの騒ぎですか？　審判やほかの教官を脅したとも聞きましたよ」

「それはほかの貴族も同じ――」

「今はあなたに言っているのです」

アリアルはピシャリと言い放つ。

なるほど。アリアル学院長は、優しげに見えるが、怒るときは怒るのだな。

そしてさすがの貫禄だ。

「どうやらルブルさんの言うことが、もっともなようです。あなたは少し頭を冷やしたほうがいい。あなたから『八剣《エイバー》』としての権利を剥奪します」

「なっ！　ちょっと待ってください！　『八剣《エイバー》』は聖クランソニア学院の象徴的存在です。八人いてこその『八剣《エイバー》』……。その空席を誰が埋めるというのですか？」

「それはあなたが思い悩むことではありません。ただ――これはあくまで私見ですが、私はルブル・キル・アレンティリにもチャンスはあると思っています」

周囲がざわつく。

「ジャアクが『八剣《エイバー》』⁇」

「マジかよ」

「でも、実力はありそうだぜ」

「ああ……。ミカギリ先輩が手も足も出せないんだからな」

周りの陰口にミカギリが反応する。ギッと睨むと、すぐに陰口は収まった。

『八剣《エイバー》』の影響力は、目の前にしてようやく理解できた。

アリアル学院長の誘いも嬉しいが、肩書きが好かん。

そもそも我には、すでに魔王という大きな肩書きがある。

これに比肩するものなど、この世にはなかろう。

学校の優良生徒の証をもらうぐらいなら、回復魔術の神髄を教えてほしいものだ。

アリアル学院長の言葉は続く。

「そもそも彼女の入試成績は、歴代でもトップ――今後の学院の歴史において、塗り替えることはまず不可能といえるほど、素晴らしいものでした。ただ最終試験において、問題があり、検討の結果Fクラスとはしていますが、彼女の実力はAクラスに入ってもおかしくないものでした」

「ジャアクが、Aクラス……」

「そして、ルブルさんの実力はAクラスにも留まらないでしょう。『八剣《エイバー》』、いえ現役の聖剣使いたちですら、太刀打ちできるかどうかという実力なのですよ」

「げ、現役の聖剣使い………」

「この意味がわかりますか、ミカギリ君。つまり、ルブルさんはこの学院最強……。おそらく『八剣《エイバー》』の席におさまってもおかしくない実力の持ち主ということです」

「ちょ、ちょっと待ってください、学院長殿。いま、聖剣の空きは『暴君の風切り《ストームブリンガー》』のみ……。それはつまり――」

「そう。その所有者にもっとも近いのは、彼女だということです。……とはいえ、彼女は聖女候補生。聖剣使いになれるのは、聖騎士のみです。むろん『八剣《エイバー》』に所属することもできませんが……」

「くそっ！」

「どこへ行くのですか、先輩？」

「おあ?? 調子に乗るなよ、ジャアク」

「今の話はともかく……。また再戦できるのですよね」

「チッ！」

我の笑みを見たあと、ミカギリは最後に舌打ちだけを残して去って行った。

アリアルはやれやれと首を振る。

「暴走さえなければ、良い聖騎士になれるのですが……。レプリカとはいえ、聖剣が持つ魔力に当てられたのでしょうか」

「気に病むことはありません、学院長様。その聖剣は私が粉みじんにしておきましたので」

それを聞き、アリアルは微苦笑を浮かべる。

そして我の肩に手を置いた。

「あなたには苦労をかけますね」

「いえ……。これもまた回復魔術を極める道に続いていると信じておりますので」

我が答えると、アリアルはまた何か苦しそうに微笑む。やがて教官たちとともに下がっていった。

何かご病気だろうか。ならば、いずれ我の回復魔術で癒やしたいものだが……。

「ルーーーーーーーーーちゃーーーーーーーーーん！」

いきなり後ろから飛びついてきたのは、ハーちゃんだった。

目には涙が浮かんでいる。どうやら、また心配をかけたようだ。

「心配をかけてごめんなさい、ハーちゃん」

「いいんだよ。ルーちゃんなら大丈夫って思ってたから」

ハートリーは涙を拭いながら答えた。

「ルブルさん、凄かったわ」

「あのミカギリ先輩に勝つなんて」

「首を切るとか言いだしたときは焦ったけど」

「学院長にも認められてたよね」

「すごいよね。現役の聖剣使いに匹敵するって」

口々に絶賛する。

「ルーちゃん、『八剣《エイバー》』になるの？」

みんなの視線が、我のほうに向いた。どうやら、みんなも学院長の言葉が気になるらしい。

我は首を振って、否定した。

「ありえません。私は聖女。回復魔術を極めたいだけです。『八剣《エイバー》』とか聖剣とかまったく興味ありませんので。だから、皆さんと一緒にこれからも勉強させてください」

これは偽らざる我の本心だ。『八剣《エイバー》』だの聖剣だの我には無用の長物でしかない。

我が欲しいのは、ただ一つ。回復魔術の神髄である。

「さすがは、ルブルの姐さんです。そうこなくちゃ」

続いて現れたのは、ネレムだった。

こうしてクラス対抗の模擬戦は終わった。

いろいろとあったが、我にとっては収穫の多い戦いであった。
一つ不満があるとすれば、まだまだ我の回復魔術は未熟だということぐらいであろう。

幕間

◆◇◆◇◆　Another side　◆◇◆◇◆

「お前らぁ！　本当にルブルの姐さんと友達になりたいか？」

叫び声が早朝の校舎に響いていた。

集められたのは、ルブルの同級生たちだ。朝早いからか、化粧を半分だけしたままの聖女候補生、欠伸《あくび》をかみ殺す神官候補生も少なくない。

そんな生徒たちの中心にいたのは、Eクラスに属するネレムである。

Bランクに打ち勝ち、貴族にも逆らったFクラスだが、Eクラスとはいえ子爵令嬢であるネレムに朝早くに凄まれば、従わざるを得ない。寝起きに悪鬼のような顔を目撃すれば、屈強な『八剣《エイバー》』とて部屋から飛び出していったことだろう。

唐突にFクラスの教室に集められると、冒頭の台詞を口にした。

質問の意図するところはわからなかったが、ルブルを除くFクラスの全員が頷く。

Fクラスにとって、ルブルは命の恩人ともいうべき人物だ。かけがえのない戦友でもある。

たとえ『ジャアク』と言われようと、彼らはルブルを友達だと認めていた。

「よし。じゃあ、ルブルの姐さんに対する挨拶の仕方を、あたいが教えてやる」

「あ、挨拶？　べ、べつに普通でいいんじゃないかな、ネレムちゃん」

　Ｆクラスの中でも比較的親交のあるハートリーが意見する。

「何言ってるんですか、ハートリーの姐貴！　……死にますよ」

「し、死ぬの!!」

　ハートリーはキャラを越えて思いっきり絶叫した。

　ネレムは神妙な顔で頷く。

「お前らはもう忘れてるかもしれないが、ルブルの姐さんはジャアクだ。ちょっと機嫌が悪いというだけで………ポンッ――だ」

「ポン……？」

「殺される」

「「「殺されるの？」」」

　Ｆクラスの学生たちもまた絶叫した。

「あんたたちも見ただろう。あの『八剣《エイバー》』ですら、足下にも及ばない実力を……。あれがあたいたちに向けられたら、どうなる？　一秒保《も》つと思うか」

　ふるふる、と学生たちは頭を振る。その顔はすでに青ざめていた。

「わ、忘れていたわけじゃないけど……」

「ルブルさんって、ジャアクって言われてたのよね」

「今は私たちに味方してくれているけど」

「気分を害したら、どうなるか……」

「ちょちょちょちょ、ちょっとみんな！　ルーちゃんのことを誤解してるよ」

ハートリーはあくまでルブルを庇うのだが、一度認識してしまったことを覆すのは難しい。

そもそも昨日、『八剣《エイバー》』を圧倒する大立ち回りを見てしまったのだ。

あの時はただはしゃいでいたが、冷静に考えてみたらルブルの力が自分たちのほうに向けられるのは、かなり危うい。貴族よりも遥かに怖いだろう。

「ハートリーの姐貴。あんたは安心していい。だが、あたいたちは違う。あの人のもとで生きて行く術を身につけなくちゃならねぇ」

ネレムは考えを改めようとしない。

というか彼女が一番、ルブルという存在を勘違いしていた。

「姐さんと友達になりたいなら、あたいが今から言うことをよく聞くんだ。いいな!!」

「「「はい!!」」」

「まずは挨拶からだ。単なる挨拶だと思って油断するなよ。まずは、こう腰を落とす」

「ネレムさん！　そ、それになんの意味があるんでしょうか？」

じつに些細な質問であったが、ネレムの琴線に触れたらしい。

美しい金髪を揺らしながら、ネレムは握った拳に力を込めた。

「馬鹿野郎！　飛んできた鉄拳を受け止めるか、躱すために決まってんだろう！　姐さんが機嫌悪いと何をするかわからねぇ。だから、被害を最小限にする姿勢を取るんだ」

「「「て、鉄拳が飛んでくるの!?」」」

再び生徒たちが声をそろえる。ネレムは生徒たちの周りを回りながら講釈を続けた。軍隊の鬼軍曹のように目を光らせたネレムは、一人の女子生徒を指名する。

「よし。お前、やってみろ」

「わ、私ですか？」

女子生徒は言われたとおり腰を落とし、「ご機嫌よう」と頭を下げた。

「ちげぇぇぇぇぇぇぇぇぇぇぇぇぇ!!」

再びネレムの絶叫が響く。

鉄拳制裁こそなかったが、インパクトのある声に、一同は困惑した。

「いいか。お前ら、ルブルの姐さんの前で間違っても頭を下げるな」

「え？　それだと礼を失するのでは？」

「ああ……。だから、礼を失しない程度に頭を下げるんだ。具体的に言うと、完全に頭を下げない。ルブルの姐さんを前にして、ギリギリその腕と足が見える位置まで頭を下げろ。目線は常に前だ。ルブルの姐さんの胸の辺りに視線を置け。腕と足にだけ気をつけろ」

「なるほど。それだと蹴りか拳かわかるということですか？」

なんか頭が良さそうな神官候補生が、眼鏡をくいっとあげて納得する。

「蹴りや拳だけじゃない！　頭突きの可能性だってある。そのときは、胸を見ろ。胸を反ったとき、攻撃が来るかもしれないからな」

「「「はい！」」」

「頭を下げるのは、すでに鉄拳制裁を食らうことが確定してるときだけだ。わかったな」

「「「はい！」」」

「よし。じゃあ、ルブル姐さんが登校してくるまで、挨拶の練習だ!!」

「「「はい！」」」

こうして、対ルブル用の特訓が始まったのであった。

◆◇◆◇◆　ルブル　side　◆◇◆◇◆

今日の目覚めは良かった。

髪の指通りもよく、前髪のセットも一発で決まった。

近くの乳牛場からもらった搾りたての牛乳も美味しく感じた。

朝から幸先がいい。今日はいい一日になるであろう。

それでも、昨日の出来事ほどではあるまい。昨日は最良の日であった。目標としていた友達が、たくさんできたからだ。それだけではない。一緒に戦い、そして彼らを背にし、名誉をかけた戦いもできた。

誰かのための戦い。それは魔王《ひとり》であったときにはできなかった戦《いくさ》だ。

まさかあれほど、我の胸を躍らせるとは思わなかった。今ならロロが必死になって、人類のため我に挑んできた気持ちがわかろうというものである。

「ルブルちゃん、そろそろ学校に行かないと、始業時間に遅れるわよ」

マリルの声が階下から聞こえてくる。

我は「はーい」と元気よく答え、今日も聖クランソニア学院へと登校した。


なんだかまだ夢の中にいるようだ。身体がふわふわする。

油断するなと、未熟者と思う気持ちもあるが、我は楽しみで仕方がない。

友達となった同級生たちとどんな会話をしようか。いや、話すことは決まっている。回復魔術の深奥について語るべきだろう。それに天気の話題も忘れてはならぬ。このときのために我は、二〇万八五六一日後の天気まで占ってきた。無論、占術もお手のものだ。抜かりはない。

トークの前に挨拶だ。思えば同級生からまともに挨拶されたことがない。

何せこれまでは我が教室に入るだけで、静まり返ってしまっていたからな。

だが、今日は違う。ついに皆と元気よく、挨拶を交わすときがやってきたのだ。

我は緊張した面持ちで、クラスの引き戸を引いた。

「皆さん、ご機嫌よう」

「「「「ルブルの姐さん、お疲れ様です」」」」

我は一瞬呆気に取られた。

元魔王である我を刹那《せつな》の間だけでも、惚けさせたことは勲章に値するが、今厳かに授与式を取り計らっている場合ではない。

(な、なんだ、これは?)

みんなが腰を落とし、軽く曲げた膝に手を置いている。

さらに頭を少し下げ、血走った瞳からは鋭い眼光が放たれていた。

「お荷物、お持ちします」

「姐さん、こちらの席へ」

「お水ですが、キンキンに冷やしておきました」

「上履きを温めておきました」

みんなが我をもてなしてくれる。

おお……。こ、これが……。これが夢に見た……。

〝友達待遇というものか!!〟

なんたる贅沢。まるで王をもてなすようではないか!

そうか。これが友達か。何か我が思い描いていたものとは違う気がするが、悪くない。

みんなが構ってくれているので、全然いい!

「皆さん、今日もよろしくお願いしますね」

「「「「へい!」」」」

今日も素敵な一日が始まりそうだ。

第九話

聖クランソニア学院の母体がエリニューム教であることは説明したとおりだ。

ゆえに入学する者の条件として、エリニューム教の信者でなければならない。そのため週末は安息日と決められていて、学院が休みとなる代わりに近くの教会に行って、お祈りを捧げるのが習わしとなっていた。幸いアレンティリ家は熱心なエリニューム教徒であったため、入学の障害にはならなかった。安息日のお祈りも、家族とともに欠かしたことはない。

しかし、元魔王の我としては複雑な気分である。我とエリニュームは、勇者を挟んで敵同士だった。あのいけ好かない……失礼──一時マナガストの覇権をめぐり、我としのぎを削ったエリニュームに、祈りを捧げなければならないというのは、なんとも屈辱的だ。

エリニュームは人間にとって幸福を運ぶ神とも呼ばれている。ならば、人間として生きる我にも、幸福を与えてくれるかもしれない。

ささやかな我の祈りが通じたのか、意外にも幸福は安息日前日に起こった。

「ルーちゃん、明日の安息日のお祈りのあと、時間あるかな？」

放課後、短い通学路を歩く最中、ハーちゃんが我に話しかけてきた。

後ろには背の高いネレムが、警護兵のように油断のない視線を周囲に向けている。

「お祈りのあとですか。すみません、ハーちゃん。そのあとはいつも訓練と決めているのです」

学校が休みだからといって、手を緩めるわけにはいかぬ。

早朝から世界一周の走り込みと、教会から帰ってきたあとは【影躯《シャドウ》】の魔術を使い、己の分身体と乱取りし、夜からは教本の内容を一万回繰り返し暗唱する予定だ。

「そ、そうなんだ……。ざ、残念だね」

「何かあるのですか？」

「ルーちゃん、最近王都に来たばかりでしょ？　王都を案内しようかなっと思ったんだけど……。忙しいなら仕方ないね」

「お、王都を案内……。ハーちゃんと一緒……」

もしや、これは……！　遊びの誘いというものではないか!?

じつは我は遊びというものに密かな憧れを抱いていた。

たしかに鍛錬も、技術を磨くことも素晴らしいことだ。熱中するあまり、一時期は己を鍛えることを放棄し、遊び呆ける者を蔑んでいたこともあった。だが、心のどこかでそれを羨ましく思っていたこともたしかだ。いざ遊びに興じようにも、気がつけば我は唯一無二の魔王となり孤立していた。当然、我を遊びに誘う者などおらず、我もどう誘っていいかわからず、時が過ぎていった。

ハーちゃん、ネレム、そしてFクラスの竹馬の友たちと、真に友情を結んでから密かに期待していたのだが、念願叶って我は初めて友達から遊びの誘いを受けたのである。

「え？　でも、訓練をするんでしょ？」

「行く!!」

「訓練は教会に行く前の早朝に終わらせます。ご心配なく、さほど難しいことではありません。世界《マナガスト》を一周しながら、教本を暗唱し、自分の分身体と乱取りすれば問題ありません」

「な、なんか……。大変そうだけど、本当に大丈夫なの？」

「大丈夫です。ハーちゃんのお誘いを無下《むげ》にするほうが、問題があります」

「じゃあ、一緒に行こうか。折角《せっかく》だからネレムさんも一緒にどうかな？」

ハーちゃんは、後ろを歩くネレムにも声をかける。

「同行させてもらいます。（被害が出ないように気をつけねば……）」

「ネレムさん、何か言いました？」

「いえ……。ただ血の安息日にならなければいいなあ、と思っただけです」

ネレムは遠い目をして、空を見上げる。

我には意味がわからなかったが、とにかく明日が楽しみだった。


次の日。安息日がやってきた。

本来アレンティィリ領にある教会でいつも祈りを捧げているのだが、今回はハーちゃんとネレムと一緒に王都にある教会に祈りを捧げた。さすがは王都の聖堂である。アレンティィリ領のような田舎にある教会とは違い、建物が大きい。

荘厳な雰囲気で、下世話な表現だが外装・内装ともにお金がかかっていた。

参加している信者の数もアレンティリ領とは比べものにならない。王都にはほかに四つ聖堂があるそうだが、外にまで人の列が続いていた。

お祈りが終わり、振る舞われたパンとホットワインを食す。人の波に乗って教会を出たときには、昼を過ぎていた。聞いてはいたが、安息日の王都はすごい人だかりだ。朝閉まっていた店が正午になって開いたことも、人が増えた原因だろう。王都民がお祈りを済ませ、買い物や食事をするために一斉に通りに出てきたのだ。

「ハーちゃん、どこですか？」

「ルーちゃん、ここです」

ハーちゃんが手を上げて、アピールしていた。

我はその手を取る。

「きゃっ！」

後ろから人に押され、ハーちゃんは躓《つまず》きそうになる。

我は慌ててハーちゃんを引き寄せ、反射的に抱きしめてしまった。

なかなか軽く、そして細い身体だ。それでも女性らしい柔らかさがある。

なんだか変に意識すると、なぜか猛烈に身体が火照ってきてしまった。

「だ、大丈夫ですか、ハーちゃん」

「うん。大丈夫。ルーちゃん、ごめん」

「ふふ……。初めて会ったときも転んでいたような気がしますね」

「あ、あの時はその…………。そ、それよりそろそろ離してくれないかな、ルーちゃん」

「ええ……。あっ！　ごめんなさい」

我はハーちゃんを立たせる。

当たった男のほうを睨むと、男もまた我らのほうを睨んでいた。

「気をつけろ」

言葉を吐き捨て、ハンチング帽を目深《まぶか》に被って立ち去ろうとする。そこに立ちはだかったのはネレムだった。男でも見上げるほどの長身のエルフは、男の胸ぐらを掴む。

内ポケットに手を入れると、素早く財布を抜き取った。

「あ？　それ、わたしの財布？」

「人だかりではスリが多いんです。気をつけたほうがいいですよ、ハートリーの姐貴」

「さすがはネレムですね」

我もまた、財布を三つ見せる。

どれも男の見窄《みすぼ》らしい形《なり》に見合わぬ、高級そうなものばかりだ。

「あっ！　それ、オレが盗んだ――――あっ!!」

スリは慌てて口を噤《つぐ》むが、もう遅い。

その男は周りから視線の集中砲火を受けていた。

もはや言い訳できる状況になく、スリはそのまま教会の聖騎士に捕まり、御用となった。

ハーちゃんは我とネレムに拍手を送る。

「二人ともすごい！」

「あたいは、あたいの仕事をしたまでですよ、ハートリーの姐貴。一番すごいのは、ルブルの姐さんです。まさかあいつが他の人間の財布まで盗んでいるとは……。いつ気づいたんですか？」

「彼がスリだと知ったのは、ネレムがハーちゃんの財布を見せてくれたときです。その時に【次元腕《デロス》】を使い、異空間から手を伸ばし、ほかの財布を取り戻しただけですよ」

「異空間？」

「えっと……。よくわかんないけど、二人ともすごい連係プレーだね。すごいすごい」

我とネレムは友であるからな。これぐらいの連係は朝飯前だ。

一悶着あったが、ここからが本番である。

我もついに友達とのお遊びデビューだ。ククク……。最高の一時《ひととき》にしてくれよう。

◆◇◆◇◆

「はあ……。面白かった……」

腹の奥底から声を上げたのは、ハーちゃんだった。

やや顔を上気させながら、満足した顔をしている。おかげで眼鏡が曇っていた。

最初に我らがハーちゃんに連れられてやってきたのは、演劇場である。

最近『鬼、滅ぼすべし刃』という演目が流行っていて、たった今ハーちゃんたちと一緒に鑑賞し終えたばかりだった。

演劇を観るのは、これで三度目だが、内容が頭に入ってきたのは、これが初めてだ。

最初は演劇というものがどういうものなのかわからず、観劇していたため、ちんぷんかんぷんだった。二度目はターザムに同行したのだが、演劇を見る際の注意点や姿勢をくどくどと説かれ、鑑賞どころではなかった。おかげでトラウマになりかけていたのだが、三度目にして、ようやく内容が頭に入ってきた。

今回観劇したのは大衆演劇といって、やや教養も必要になる一般演劇と違い、民衆でもわかりやすいようにした演目らしい。平民でも見られるため、かなり人気のある娯楽のようだ。

ただ内容にはちょっとがっかりした。

ラストで鬼王が、鬼狩《おにがり》という勇者のような者に倒されてしまうのだ。鬼王よ、そなたの敗因は油断だ。前半、あれほど鬼狩を無双していたというのに……。おそらく慢心して、鍛錬をサボっておったのだろう。まあ今、友達と遊んでいる我が言えたことではないがな。

「ルーちゃん、面白くなかった？」

「ちゃんと鑑賞できたことは嬉しかったのですが、内容がちょっと……」

「最後、一人だけ『鬼王、頑張れ！』って叫んでましたね（さすがルブルの姐さん、徹底してジャアクだ）」

「何か言いましたか、ネレム」

「な、なんでもありません」

「可哀想じゃありませんか？　鬼狩には仲間がいるのに、鬼王は一人で戦っていたんですよ」

「「────ッ!!」」

「どうしました？　二人とも」

突然、立ち止まった二人のほうを見て、我は首を傾げる。

「いや……。言われてみれば、そうだなって。さすが姐さんっす」

「ルーちゃんは優しいね」

なぜか褒められてしまった。

我は思ったことをそのまま述べただけなのだが。

「次、どこ行こっか？」

「今度は、あたいが紹介してもいいですか？」

ネレムが自信満々といった様子で手を挙げる。

「ルブルの姐さんなら、絶対喜んでくれると思います」

「じゃあ、そこ行こっか。いいかな、ルーちゃん」

「私は構いませんよ」

今度は、ネレムのオススメの場所へと向かうことになった。

やってきたのは、ずいぶんと薄暗い店だった。

若干腐ったような匂いもする。

こう言うのもなんだが、うら若き乙女が来るような場所ではない。

「どうですか、ルブルの姐さん。血湧き肉躍りませんか？」

自信満々のネレムが勧めた店にあったのは、拷問道具を取り扱う店だった。

定番の鉄の処女《アイアンメイデン》に、僭主の雄牛《ファラリス》。断頭台《ギロチン》や石抱《いしだ》き責《ぜ》めなどもある。どれも、我が魔王城にあった拷問道具ばかりだ。これを使って、魔族どもが人間を玩具にしてくだらぬ遊びをしていた。

我は拷問が好かん。拷問するぐらいなら、いっそ打ち倒したほうがいい。

そもそも無抵抗なものに、鞭打つなど我のポリシーに反するし、面白いと思ったこともない。

「うっ……」

ハーちゃんは明らかに嫌悪感を露わにしていた。

年頃の娘には、少し刺激が強すぎるのだろう。

なのに、ネレムはなんでこんな場所を紹介したのだろうか。

「どうですか、ルブルの姐さん。最高でしょ？」

「はは、あはははは……。ネレムさんは、こういうところが好きなんだね」

「ネレム、あまりこういうことは言いたくないのだけど……。ちょっと趣味が悪いですよ」

「ガーーーーーーーーーン」

謎の言葉とともに、ネレムは石のように固まってしまった。

今のはどういう意味なのだろうか。魔術か、それとも新手《あらて》の訓練であろうか。

ここに並んでいる拷問道具よりも、そっちのほうが気になるぞ。

「出よっか、ハーちゃん」

「そうだね、ルーちゃん」

我らはなぜか頭から紙袋を被った店主に別れを告げ、店を出たのだった。


次にやってきたのは、多くの屋台が並んだ市場だ。

食べ物から服、民芸品やアクセサリーと様々な品が青空の下で売られている。

アレンティリ領でも市場はあったが、そこは王都である。規模が違う。

大きな通りを埋め尽くさんとばかりに、たくさんの出店が並んでいた。

普通、安息日ともなれば、先ほどの劇場や拷問器具屋も休みとなるのだが、多くの人が外に出るため商人たちにとっては稼ぎ時だ。そのため商人たちに「今日は安息日だぞ」と投げかけると、たとえその人がエリニューム教徒だとしても「私は商売の神様を信じているからいいんだ」と返すのが慣例になっている。

商人の間に広まる逸話では、商売の神様は安息日の二日後に休むこととなっていて（翌日は店を畳む準備があるため）、この日に商人たちも休息をとることになっていた。

ゆえに、二日後には多くの商人たちが教会に詰めかけるのだ。

「はーい！　『鬼、滅ぼすべし刃』の鬼死の細密画《ミニアチュール》が入ったよ！　しかもエタ製の羊皮紙に書かれたものだ。保存もきくよ。お一人様一枚限り。お一人様一枚限りだ」

売り子の威勢の良い声が響いている。じつに王都は活気づいていた。

「ん？　あれ？　ハーちゃんは？」

いない？　どういうことだ？

我の横を歩いていたのに、忽然《こつぜん》と消えてしまったぞ。

まさか何者かが誘拐？　そんな馬鹿な！　我に気付かぬとは、相当な使い手だぞ。

「何を慌ててるんですか、ルブルの姐さん。ハートリーの姐貴なら、あっちですよ」

ネレムが指差す。

ハーちゃんは先ほど威勢の良いかけ声を上げていた売り子の出店にいた。

なんだか殺気だった女子に揉まれながら、猛獣の如く商品に手を伸ばしている。

「うおおおおおおお!!　鬼死くぅぅぅぅううううんんんんん!!」

本当にあれはハーちゃんなのか。普段の雰囲気とはまったく違うのだが……。

鬼死とは最後に鬼王を討ち取った鬼狩の一人である。どうやら人気があるらしく、盛んに観客席から声をかけられていた。かくいうハーちゃんもその一人である。鬼死が舞台に現れるなり、声が嗄れるまで叫んでいた。かと思えば、次のシーンでは泣いていることもあったな。

ハーちゃんをあそこまで豹変させるとは……。鬼死とはなかなか罪深い男である。

やがてハーちゃんは戻ってきた。

どうやら目当ての商品を買えたらしく、その表情は和やかだ。

「ご、ごめんごめん。その、なんというか」

「みなまで言わなくていいんですよ。ハーちゃんのお気持ちはよーくわかりましたから」

「え？　は？　どうしたの、ルーちゃん」

「とぼけなくたっていいんですよ、ハーちゃん」

恋する乙女とはそういうものだ。

しかし、鬼死め。ハーちゃんを惚れさせるのはいいが、気持ちを無下にするのはいかん。

我が友人の気持ちを傷付けることあらば、そのときは鬼王に代わって鬼死を討つであろう。


我らは市場を見て回る。

ふと我の目に留まったのは、銀メッキが施されたネックレスだった。

ハートの細工の中に、ピンク色をした硝子《ガラス》玉が嵌められている。

「ほう……。なかなか手の込んだ細工ですね」

「ルブルの姐さん、そういうのが好きなんですか？　もっとおどろおどろしいのが好きかと」

「ネレムが私にどういうイメージを持っているか、よーくわかりました」

「す、すみません。気分を害したのなら謝ります」

でも、ネレムが誤解するのも無理ないかもしれない。意外に思われるかもしれないが、我はアクセサリーや腕輪といった、人間の女性が喜びそうなものが好きなのだ。

とくに金や銀、宝石がついているものを好む。

魔王であったとき、魔族に命じて貢がせていたぐらいだ。

それを訓練のあとに、眺めるのが我の唯一といっていい趣味であった。

そういえば、戯れでロロにそのことを話したら、今のネレムのように意外そうな反応をしていたな。

魔王が女子《おなご》の欲しがるようなものを欲して、何が悪いのであろうか。

「このネックレスって、あと青と緑のタイプがありますね」

「だったら、三人でおそろいにしますか？」

「あ！　ネレムさん、それいいかも！」

おそろいか！　悪くない!!

人間の家族や友人を見ると、どこか服装のポイントに同じ物を入れていることがある。

あれが友情や愛情の証であることは、マリルから聞いて知っていた。いつかハーちゃんやネレムとおそろいのものを装備したいと思っていたが、こんなに早く願いが叶うとは。これも毎週お祈りしていた効果だろうか。

「でも、わたしのお小遣いではちょっと高いかも」

ハーちゃんは値段を見て、肩を落とす。

たしかに高い。マリルからある程度お小遣いをもらっているが、それでも手が届かぬ。

弱ったな。魔王であった頃は、この店ごと買えるほどの財があったのだが、いっそのことお金ごと転生してくれれば良かった。そうすれば最新式の鍛錬具や筋肉に良いタンパク質を心置きなく買って食べることができたというのに。

ハーちゃんと一緒に下を向いていると、お困りのようですね」

突然ネレムが笑いだした。

「ふっふっふっ……。お二人さん、お困りのようですね」

「どうしたんですか、ネレム。……今日はなんかずいぶん気持ち悪いですねぇ」

「ええっ！　今日のあたい！　そんなに気持ち悪いですか、姐さん！」

「ネレムさん。何か考えがあるんですか？」

「じつは一つ手っ取り早く、お金を稼げる方法があるんですよ」

「なんですか、それは？」

「ダンジョンっすよ。ギルドに登録して、ダンジョン探索者になるんス」

ネレムはニヤリと笑った。

◆◇◆◇◆

ダンジョンとは五〇〇年以上前の遺跡を含んだ洞窟のことだ。

中には古代の秘宝が眠っているらしく、本来持ち出すことは法律で禁止されているのだが、ギルドという場所に持っていけば、価値に応じて換金してもらえるそうだ。そうやって稼いでいる人間たちを、ダンジョン探索者――別名『冒険者』と呼んでいる。

実入りが大きい仕事ではあるが、その分リスクも存在する。ダンジョンの中は、魔獣の巣になっていることがほとんどで、さらにあちこちにトラップが仕掛けられているという。

「わたしたちが冒険者に？　冒険者って学校に行かないとダメなんじゃ？」

ハーちゃんの言うとおり、ギルドに登録したら冒険者になれるというわけではないらしい。冒険者になるためにも、専門とする学校を卒業する必要がある。

けれど、ネレムはなかなかしたたかだった。

「そのとおりです。でも、パーティーの協力者ってことで同行は可能なんスよ。きちんとパーティーと交渉すれば、報酬ももらうことができます。体《てい》のいい小遣い稼ぎと思ってもらえれば」

「でも、校則違反なんじゃ……」

「学院《うち》ってけっこう学費が高いでしょ。だから無理して入学している生徒が少なくないんスよ。だから、こっそり知り合いのパーティーに入って、お金を稼いでいる聖騎士とかいるんス。とくに聖女候補生なんて目の色を変えて歓迎されますよ。回復魔術の使い手って元々少ないですからね。パーティーにとってはありがたい存在なんス」

なるほどな。たとえ半人前の聖女でも向こうとしては大歓迎というわけか。

「それにしてもずいぶんと詳しいんですね、ネレム」

「そんな睨まないでくださいよ、ルブルの姐さん。じつはパーティーを運営している知り合いがいまして。たまに協力者として同行してるんです。どうですか？　なんだったら、紹介しますけど」

「わたしたち、迷惑じゃないかな？」

「全然そんなことありませんよ、ハーちゃんの姐貴。さっきも言ったけど、回復魔術の使い手は貴重なんです。三人全員でも大歓迎だと思います。冒険者なんて荒くれ者ばかりなんで、生傷が絶えないんですよ」

実入りは良さそうだし、ツテもある。悪くない話のように思う。

校則違反というのが、【大聖母】様に背くという意味で後ろ髪を引かれる思いではあるが、友を作れと言ったのも、【大聖母】様だ。ネックレスを入手できれば、我らはさらに強い絆で結ばれるはず。そのために、どうしてもお金が必要なのであれば、【大聖母】様もお許しになるであろう。

「わかりました。ネレムの話、乗りましょう。ハーちゃんはどうしますか？」

「わたしも行きたい！　ちょっと怖いけど、三人一緒なら」

「決まりですね。三日後に、聖クランソニア学院の『魔術改訂の日』があります。その日でどうです？」

聖クランソニア学院には、生徒の安全のために様々な魔術が施されている。

その魔術が正常に稼働しているかどうか、チェックするのが、魔術改訂の日だ。

その日は一日休校となり、寮生も特別に外出が許される。

「異議ありません」

「私も――」

「じゃあ、知り合いに話を通しておきます。たぶん喜ぶと思いますよ」

露店の店主には次の安息日に買いに来ると断りを入れ、我らはダンジョン探索へと赴くこととなった。

◆◇◆◇◆

魔術改訂の日。

我は王都にあるギルドの前で、ハーちゃんとネレムを待っていた。

聞いてはいたが、確かに荒くれ者たちが、どんどんギルドの中に入っていく。

一攫千金を夢見て、皆が目をギラギラさせていた。

とはいえ、中には我に色目を向ける者も少なくない。

そういう者は、軽く【邪視《ジャック》】をかけてやると、何も言わず逃げていった。

こういうこともあろうかと、なるべく露出の少ない服装をチョイスしてきたというのに。

やはり、我の容姿はどうも人間の男の視線を集めてしまうものらしい。しかもほとんどの男が必ずと言っていいほど、胸についた余計な脂肪を見てくる。こんなもの鍛錬の邪魔でしかないのだが、一体これの何がいいと言うのだ？

「お嬢ちゃん、お嬢ちゃん」

声をかけてきたのは、二人の冒険者だった。

変な肩パットに、雄鳥の鶏冠《とさか》をそのまま付けたような髪型。下品に開かれた口から、黄ばんだ歯が見える。容姿からしてヤバいのだが、一番は体臭だ。こいつら、風呂に入っているのか？　鼻がもげそうだぞ。とっとと【邪視《ジャック》】で追い払うか。

「あんた、学校の友達を待ってるんじゃないのかい？」

「え？　もしかして、ネレムさんの知り合いですか？」

冒険者の口から友達の名前が出て、我は寸前で魔術を止めた。

一方、二人の冒険者は顔を見合わせ微笑んだ。

「そうそう。そのネレムちゃんの知り合いなんだよ、おじさんたち。遅くて心配したよ」

「遅く？　集合時間には、まだ時間があると思うのですが……」

「何を言ってるんだい。すでに本隊はネレムちゃんを乗せて先に行っちゃったよ」

「ハーちゃ――――ハートリーさんも一緒ですか？」

「あ？　ああ！　勿論、その子も一緒だ。我々は君を待ってたんだよ。今なら急げば間に合うはずだ。早くあの馬車に乗ろう」

「わかりました。その前に少しよろしいでしょうか？」

我は冒険者に向かって手を掲げた。

なぜかギョッと驚かれる。別になんてことはない。

単純にこやつらの体臭の臭さを、回復させてやるだけだ。

我が回復魔術を使うと、周囲は真っ白な光に包まれた。

「ぎゃああああああああああ!! 目がぁ! 目がぁぁぁぁああ」

二人の冒険者は悲鳴を上げながらのたうち回る。

やがて施術が終わると、周りは日常を取り戻した。

「な、なんだったんだ、今の?」

「あれ? オレ、頭痛が……治ってる?」

「そういえば、俺もそこはかとなく胃の中のムカムカが」

「すげぇな、お嬢ちゃん。まさか俺たちの二日酔いを治すなんて。こりゃすご……ん? どうしたんだ? 鼻なんか摘まんで。あと、なんかすごい機嫌悪そうだが」

「べ、べつに……」

我は鼻を摘まみ、冒険者たちから顔を逸らした。

なぜだ、なぜこいつらの体臭まで治っていないのだ!

くっ……。また我の回復魔術が効かなかった。我はまだまだ未熟のようだ。

◆◇◆◇◆

王都を出て、馬車に揺られること一時間、我は件《くだん》のダンジョンへとやってきていた。

ダンジョンと名前がついているので、大層な迷宮か古代遺跡なのだろうと、想像していたが、なんてことはない。単なる洞窟が、欠伸をした鯨の口みたいにポッカリと空いているだけだった。

「ここがダンジョンか？」

なんとも雰囲気がない。殺気もなければ、匂い立つような獣臭も感じなかった。

魔窟というから、どんな魑魅魍魎《ちみもうりょう》が出てくるのかと期待したが、これならば熊の穴蔵のほうがよっぽど危険なのではないだろうか。

「どうしたんだい、お嬢ちゃん？」

「友達のもとに行かないのかい？」

二人はジーダ、ゴンスルという名の冒険者らしい。この道一〇年のベテランというが、こやつらから強者の匂いは感じない。とりわけ鼻をつくのは、その体臭ぐらいである。しかし、達人というのは己の力量の片鱗すら見せないからこそ、達人と呼ばれるのだ。

こやつらも、その高みに達した者であるという可能性は捨てきれぬが……。

「はい。今、行きます」

体臭対策に魔術で臭覚を切り、我はジーダとゴンスルを追いかけ、ダンジョンに入っていく。

中は一寸先もわからぬ真っ暗闇だが、一本道がだらだらと続くだけで迷うこともない。ただ天井も低く、道幅も狭い。魔獣に挟撃などされれば、一転ピンチとなるだろう。

我には問題ないが、ハーちゃんやネレムは無事であろうか。

「少しペースを上げてもらってもいいですか？　友達が心配です」

「この暗闇じゃねぇ。あまり急ぐと危ないよ」

「問題ありません」

我は【施眼《アルム》】をジーダとゴンスルに施す。

「な、なんだ？」

「す、すげぇ！　暗闇なのに、道がはっきり見えるぜ」

ずいぶんと慌てている。

【施眼《アルム》】は瞳を一時的に魔眼化する魔術だ。

使い方によっては、魅了や石化の能力を付与することも可能（我には通じぬが）。

今、二人には暗闇でも見える魔眼を授けた。

それにしても大した魔術でもないのに、この二人はなぜこうも驚いているのだろうか。

一〇年も冒険者をやっているのだから、使用できぬまでも知識ぐらいは持っているだろうに。

「急ぎましょう」

「ちょっ！　早ッ！」

「お、おい！　待て!!」

我が走りだすと、慌ててジーダもゴンスルもついてくる。

奥に行くと一本道だったダンジョンに岐路が現れた。いよいよダンジョンらしい複雑な経路になってきたが、いまだに魔獣の臭いも罠の気配もない。血の匂いは感じるが、ごく微量だ。

そもそもハーちゃんやネレムの気配は感じない。

我は魔術でハーちゃんたちの居所を探索した。

おかしい……。やはりハーちゃんはおろか、ほかの冒険者の気配すらない。

「本当にハーちゃんやネレムさんが、ここに来ているのですか？」

「え？　ま、間違いないよ。ハア……。ハア……」

「し、心外だな。俺たちを疑ってるのかい？　ぜぇ……。ぜぇ……」

べつに疑ってるつもりはないのだが、これ以上の詮索はしないほうがいいか。あとでネレムに迷惑をかけてしまうかもしれないからな。

(それにしても、どこかで見たような気がするぞ、この洞窟)

やがて我らの足が止まった。行き止まりだ。どうやらここが洞窟の最奥らしい。

大きな半球状の空間になっていて、中央にには崩れた祭壇のようなものがある。

しかし財宝はおろか、魔獣とも遭遇しなかった。

ガコンッ!!　と音を立て、部屋の入口が突然閉まる。

ジーダが壁にあった仕掛けのようなものを動かしたらしい。

すると、ゴンスルがヤニの付いた歯を見せびらかすように笑っていた。

「ジーダさん？　ゴンスルさん？」

「げへへへへへ……」

ジーダとゴンスルの雰囲気が変わる。

なぜか、好色げに顔を歪めていた。

「こうもあっさり捕まるとはな？」

「久々の上玉だ。たっぷり楽しませてもらおうぜ」

捕まる？　楽しむ？

ほう……。なるほど……。

「お・前・た・ち・も・気・づ・い・て・い・た・の・か、こ・の・ダ・ン・ジ・ョ・ン・の・絡・繰・り・を……」

「「へっ？」」

我はすでに手をかざしていた仕掛けを起動する。

瞬間、部屋の中央に召喚陣が光を帯び出現した。

陣からせり上がってきたのは、巨大な竜だ。

「げえええええええええええええ!!」

「まさかあれは、大地竜《アースドラゴン》??」

ジーダとゴンスルは目を剥く。

腹ばいになった大地竜は、慌てる二人の声に反応する。

すると翼の代わりに背負っていた甲羅のようなものがムクムクと動きだした。

ぽっかりと無数の穴が空き、射出されたのは高硬度に固められた結晶弾だ。

雨あられとばかりにジーダとゴンスルに降り注ぐ。

「「ぎゃあああああああああああああああ!!」」

冒険者二人の悲鳴が響く中、我は手を掲げた。

【絶喰《ブリスト》】‼

落ちてきた結晶を我は風の魔術ですべて粉砕する。

大地竜は低く唸り、大きな眼を吊り上げて我を睨んだ。

自分の攻撃を無力化されて怒っているのか。はたまた目覚めたばかりで不機嫌なのか。

何はともあれ怒っていることは間違いないようだ。

喉の奥が見えるほど大きく口を開け、大地竜は我らを威嚇する。次の攻撃姿勢に入った。

遊んでやりたいのは山々だが、今はそんな暇はない。早いところハーちゃんたちと合流せねばならぬからな。一瞬で片をつけさせてもらうぞ。

【地獄焔《ヴエルフアリア》】‼

まさしく地獄の猛火が、出現した大地竜を呑み込む。

大地竜は高硬度の甲羅を持つ竜。その守りは堅い。

が、我が放つ【地獄焔《ヴエルフアリア》】はまさしく地獄の猛火である。竜種では上位の大地竜であれど、我からすれば下等な獣だ。いかに防御を固めたところで、我の炎には抗えまい。

一分と経たぬうちに炎は大地竜を溶かしきる。地面には大きな竜の影だけが残っていた。

「な、なんなんだよ……。何者なんだ、あの嬢ちゃんは⁉」

「付き合ってらんねぇ。に、逃げようぜ」

何か二人で喋っているかと思えば、ジーダとゴンスルは突然転進した。

だが二人を阻んだのは、自ら閉じた入口だ。

「な！　開かねぇ！」

「何をやってんだよ！　のろま！　馬鹿力はどうした！」

「いつもは簡単に開くんだよ！」

「お前たち、どこへ行くつもりだ？」

「「ひぃ……ひぃぃぃぃぃぃぃぃぃぃぃぃぃぃぃぃ！」」

二人はお互いに抱きしめ合い、悲鳴を上げた。

男同士で抱き合うなど、よっぽど仲良しらしい。まるで我とハーちゃんのような関係だ。いや、我らの仲の良さにはジーダもゴンスルも裸足で逃げ出すであろうがな。

待て待て。そんなことを競っている場合ではない。一刻も早くハーちゃんとネレムに合流せねば。仮に二人がこのダンジョンの奥にいるとすれば、かなりまずいことになる。一〇〇〇年もの月日のおかげで、色々と地形も変わったようだが、まさかこんな近くにあるとはな。

「進むぞ、二人とも」

「す、進むってどこに？　ここは行き止まりじゃ」

「ていうか……。なんか最初会ったときと雰囲気が違うくね？」

二人の言葉を無視し、我は別の仕掛けを作動させた。

すると、道が現れる。かなり先まで続いていて、奥は魔眼でも見えないほどだった。

「さあ、行こうか」

我が宝物庫へ……。

◆◇◆◇◆

転生する以前――。

我は様々な場所から集めた金銀財宝を隠しておいた。

べつに魔王城に蓄財していても問題なかったのだが、魔族の中に我の目を盗んでくすねる者が続出したため、城外に宝物庫を移したのだ。

一〇〇〇年経って、辺りの地形が変わったこともあってすぐにはわからなかったが、洞窟の奥に来てようやく財宝を隠した場所だと気づけた。予想外だったのは人間にダンジョンとして目をつけられていたことだ。本人たちもまさか一〇〇〇年前に君臨した魔王ルブルヴィムの宝物とは思っていまい。

財宝がどうなっているのか気になるところだが、目下《もっか》心配なのはハーちゃんとネレムのことだ。さらに奥に進んだか。それとも我も把握していない岐路に迷い込んだか。探索系の魔術を用いて捜したいところだが、ここからは魔術を阻害する結界が張られていて、使いものにならない。解除しようにも元々我が作ったものゆえ、しばらく時間がかかるだろう。

なんにしても入口は閉まってしまった。今は奥に進む以外に選択肢はない。ネレムたちの知り合いが優秀で、ハーちゃんもネレムも安全なエリアにいることを祈るしかない。

我は前に進もうとするが、ほかの二人は一歩も動かなかった。こちらを見て、震えている。

そういう反応には慣れているが、我が傷付かないと思ったら大間違いだぞ。

「どうした、二人とも？」

「い、いえ……。そ、その……」

「お、俺たちはここで救助を……」

救助？　何を言っているのだ？　ここは我の宝物庫だぞ。自分の庭で救助を求めるなど、ジョークとしては面白いかもしれぬが、我はごめんだ。あるいはこやつらはダンジョンに詳しくないのだろうか。まさか初探窟のダンジョンだったとは言わぬであろうな。冒険者でもない聖女候補生を連れて、初めて入るダンジョンを踏破しようとしていたなら、それこそジョークにならないだろう。我らを守るだけの実力を兼ね備えていると踏んでいたのかもしれぬが、未熟な聖女候補生三人を初探窟のダンジョンに連れていくのはさすがに無謀すぎる。

いや、そのための聖女候補生三人態勢か。

我らは候補生だからな。三人まとめて、一人前と括られたのかもしれぬ。

いろいろとこっちが思案していると、ジーダが話しかけてきた。

「お、お嬢ちゃん……。こ、このダンジョンに詳しいのかい？」

「当たり前だ。これは我のものだからな」

「え？　ええ？　お嬢ちゃんのものなの」

「ど、どんだけ金持ちなんだ？」

「金持ち？　そんなわけあるまい。アレンティリ家は貧乏田舎貴族だぞ」

「貧乏田舎貴族が、ダンジョンを持っているのかよ」

「今どきの田舎貴族ってすげぇな」

二人は揃って口をあんぐりと開ける。やがてジーダが質問した。

「じゃ、じゃあ……、オレたちは助かるのか？」

「助かるに決まってるだろう。自分の庭で遭難するアホはおらぬ」

「よかったぁ」

我の言葉に、ジーダはやっと胸を撫で下ろし、ゴンスルは祈るように天を仰いだ。

「ただ問題がないわけではない」

「え？」

「な、なんだい？」

「この先にトラップが存在する。それを解除する必要がある」

「と、トラップ？」

「一体、どんな……」

「見ればわかる……。トラップはすでに起動しているからな」

「「はああああああああああ!!」」

二人の絶叫が響く中、床に大きな召喚陣が広がった。

いつの間にか我々は、次のフロアに進んでいたのだ。

召喚陣の中からせり上がってきたのは、巨大なゴーレムである。

竜のときは一体だったが、今回はざっと二〇体はいるだろう。

そうだそうだ。たしかこういうトラップだったな。だんだん思い出してきたぞ。

何せ宝物庫を作ったのは、今から一三〇〇年前だ。いくら我とて記憶力に限度がある。

「数が多い。少しお前らに譲ってよいか？」

べつに我一人で相手をしてもいいのだが、こやつらも冒険者だ。

少しぐらい見せ場を与えてやらねば、我に示しがつかぬであろう。

「え？　オレたちがあんな化け物と戦うのか？」

「か、勝てるわけがねぇよ！」

悲鳴じみた反論が返ってきて、ついには涙を流して我に縋りつく。

顔面は汗にまみれ、貼り付いた毛が若干気持ち悪かった。

「やれやれ……。少しは先輩としてかっこいいところを見せようとは思わぬのか？」

「お、思わねぇよ！」

「い、命あっての物種《ものだね》だ。な、なあ。頼む。嬢ちゃんだけでなんとかしてくれ」

これではまるで素人《しろうと》の反応ではないか。いや待てよ。未熟な聖女候補生の面倒を見ようというのである。もしかしたら、何か戦えぬ事情があるのかもしれぬ。思いつくのは怪我だ。我があずかり知らぬところで怪我をして、協力者である我に心配をかけないようにと隠しているのかもしれぬ。如何にも悪人面ゆえ、もしや野盗の類いではないかと疑っていたが、根は優しいのかもしれぬな。

しかし、我に対しては無要な気遣いだ。

「わかった。隠さなくてもよい」

「え？」

「はっ？」

〝さあ、回復してやろう……〟

我は回復魔術を使って、ジーダとゴンスルを回復させた。

真っ白な光に包まれる。

「ひゃっはぁぁぁあああ！　なんかよくわからんが、力が漲ってくるぜ」

「お、俺も！　今なら魔王にだって勝てそうだ！　うがががががががが――――!!」

突如、ジーダとゴンスルの筋肉が肥大していく。

筋肉という鎧を手に入れたジーダとゴンスルの瞳は、周囲を囲むゴーレムに向けられる。

さらに筋肉を膨張させると、地に足がめり込むぐらいの勢いでゴーレムに突撃していった。

『バオッ!!』

ゴーレムが二人をなぎ払う。

「ぶべらっ！」

「はべらっ！」

二人はあっさりと吹き飛ばされ、壁に叩きつけられた。

よ、弱い……。弱すぎる。

我の回復魔術が未熟なのもあるが、それにしても弱すぎないか。

ネレムのやつ、もしかしたら我らに半人前の冒険者を寄越したのではないだろうな。未熟な我には、それぐらいでちょうどいいと……。なるほど。ネレムめ、半人前を寄越すことによって我にさらなる鍛錬を課そうというのだな。あるいはこのダンジョンのことも、我の宝物庫と知って案内したのかもしれない。

ふふふ……。やるではないか。さすが我が友。我の気質を完璧に理解しているらしい。

「痛《いて》てててて……」

「お、俺たち何をやってんだろう……」

どうやら筋肉の鎧のおかげで、かろうじて意識は洗わずに済んだ。身体の弱さだけは治せたらしい。しかし戦意が喪失しては折角の筋肉の鎧も宝の持ち腐れだ。

仕方がない。我がやるか。一応、我は聖女候補生なのだがな。

「ジーダ！　ゴンスル!!　伏せていろ!!」

我は忠告する。手に魔力を込めると、それは一本の氷の刃となった。

「切り裂け……」

【凍刃《アズール》】!!

氷の刃を地面と水平方向に薙ぐ。

一瞬にして、全ゴーレムたちが真っ二つになっていた。バラバラになり、ただの土塊と化す。

ふむ。悪くない調子だ。そういえば、転生してからというもの、回復魔術ばかりで、あまりほかの魔術や術理を使用してこなかった。

魔力も満ちてきている。おそらくこれは、宝物庫に滞留していた魔力の影響だろう。

すこぶる気持ちが良い。これなら久方ぶりに全力で暴れることができそうだ。

「ククク……」

「あの笑顔？　まるで……悪魔？　いや、まるで魔王みたいだな」

「おそろしい……。あの娘、きっと悪魔に魅入られたんだ」

久々の力の解放に酔いしれる我の横で、ジーダとゴンスルは全身を震わせるのであった。


我はゴーレム戦で傷付いたジーダとゴンスルを癒やす。

外傷は完璧に治したつもりだが、問題はいかにこやつらの弱さを治すかだ。

我の回復魔術はまだまだ未熟。ならば直接鍛え上げるしかない。このような弱さではこの先、命がいくつあっても足りぬからな。幸いここにあるトラップは二人を鍛えるのにはちょうどいいレベルのものばかりだ。四、五〇回は死にかけるだろうが、本来鍛錬とはそんなものであろう。

「ぎゃあああああああ！　足が！　足が!!」

炎熱線が走るトラップに引っかかったジーダは、足を失い……。

「に、にげろぉおぉぉおぉおおお!!　み、水…………がぼぼぼぼぼぼ……」

水のトラップでは、ゴンスルが溺れ、心停止した。

二人ともなんとか回復魔術で治したが、我がいなかったら死んだままだっただろう。予測を上回るペースだ。まさに命がいくつあっても足りぬぞ、これは。

こやつらは本当に冒険者なのだろうか。いや、実力から見て、冒険者以前の問題だ。街角でふらついている酔っ払いのほうが、もう少し機敏な動きをするぞ。

「はあはあはあはあはあはあはあはあはあはあはあ……」

「く、くそ……。な、なんで俺たちがこんな目に……はあ……はあ……」

そのジーダとゴンスルは、ずぶ濡れの状態で荒い息を吐き出していた。

「(な、なあ……、ジーダ。もうばっくれようぜ)」

「(そ、そうだな。付き合ってらんねぇ。これじゃあ、命がいくつあっても――――)」

「何か言ったか?」

「な、なあ……。お嬢ちゃん、俺たちはもういい……。置いていってくれないか」

唐突にゴンスルが我に進言すると、横でジーダも首を縦に振った。

「なぜだ?」

「これ以上、お嬢ちゃんに迷惑をかけたくないんだよ。な? ジーダ?」

「そうそう。これ以上迷惑はかけられねぇ」

「迷惑? 我は協力者で聖女候補生だ。二人を癒やすことが仕事なのに、迷惑なわけがなかろう」

「一緒に行くより、お嬢ちゃん一人で先に行ったほうが早く友達のところに辿り着くだろう」

「そうそう。それそれ！」
「だから、俺たちを置いて先に行ってくれ!!」
「しかし――――――ハッ!!」
今のゴンスルの言葉、どこかで聞いたことがある。
そうだ。一〇〇〇年前の魔王城でだ。
昔、ロロ以外にも多くの勇者が我を倒そうと、魔王城に押しかけた。
中には階下の魔族に屈し、我が玉座に辿り着けぬ者も多数いた。
そういうときに、人間は決まってこう言うのだ。
『ここは俺に任せて先に行け』
間違いあるまい。ゴンスルが放った一言は、まさにあのときの言葉だ。
命を賭して勇者を先に進ませる仲間たち。
かけがえのない仲間を置いて、それでも使命を果たそうとする勇者。
魔王時代においては嘲笑を禁じ得なかったが、今ならわかる。
あれこそがきっと真の仲間の姿なのだ、と！
ジーダとゴンスルは仲間というわけではないが、ここまでともに探索してきた同志だ。
置いて行くことに、やはり後ろ髪を引かれる思いがある。
ああ……。勇者とはなんと勇ましい者たちだったのか。
我はこんなにも胸が張り裂けそうだというのに、よく戦うことができたものだ。

仮にこれがハーちゃんとネレムであったなら、我の身はきっと裂けていたに違いない。

「で、できぬ!!」

我は涙を流しながら、ジーダとゴンスルに告げた。

「たしかにハーちゃんとネレムのことは心配だ。だからといって、ジーダとゴンスルを残して先に行くことなどできぬ。今日初めて会ったとはいえ。ここまで一緒に進んできた同志――いや、我々は仲間ではないのか！」

「な、何を言ってんだよ。な、なあ、ゴンスル――って、お前何を泣いてるんだ？」

「だってよ……。俺たちクズじゃねぇか。親もクズで、気がつけば周りもクズばかりで……。家族とか友人とかそんな優しさに触れてこなかったじゃねぇか。……のに、この子は行きずりで出会った俺たちをここまで心配してくれて………うわああああああんんん」

「いや、落ち着けって！　あ、あれ……。なんでだ？　オレも涙が……。涙が止まらねぇ」

ジーダとゴンスルはおいおいと赤子のように泣き始める。

言葉では勇ましいことを言いながら、結局この二人も怖かったのであろう。

「大丈夫だ。何が起こっても、二人を癒やすのが我の役目だ」

「ありがとう、お嬢ちゃん。ありがとう」

「お嬢――――いや、姐サンと言わせてください」

姐サン？　そう言えば、ネレムも似たような呼び方をしているな。あの妙な呼び方はこの二人からきていたのか。親愛を示す証ならば、喜んで受け入れよう。

「良かろう。お前たちにも姐さんと呼ぶことを許そう」

「「ありがとうございます、姐サン」」

二人は声をそろえた。その顔は笑った幼児のように輝いている。

心なしか初めて出会った頃よりも、いい顔をするようになった気がする。

まだまだ未熟者だが努力さえ怠らなければ、二人はきっと良い武芸者になるはずだ。

「二人が納得してくれて良かった。何せ最後のトラップは自爆だからな」

「「え？」」

「我だけダンジョンに入れば、問題ないのだが、我以外の異物が入ると、二時間後に自爆するようになっている」

「ちょっ！　待って！　友達を捜すんじゃや」

「そ、そうですぜ、姐サン！」

「心配ない。よく考えたら、このダンジョンに侵入した者がいれば、自動的に我に知らせがくるようになっている。しかし、その知らせがないということは、つまりハーちゃんもネレムもこのダンジョンに入っていないということだ。恐らく我らの馬車のほうが先に到着してしまったのだろう」

「ま、待ってください」

「まだ心の準備が……」

「ちなみにあと五秒……」

「「え？　……ひ、ひぎゃあああああああああああああああ!!」」

真っ白な光の中で二人の悲鳴が響く。

瞬間、轟音とともにダンジョンは吹き飛ぶのだった。

◆◇◆◇◆

爆発の寸前、【闘歩《ディスン》】を使って、我らはダンジョンから脱出した。

一緒に脱出したジーダとゴンスルによく事情を尋ねると、どうやら場所を間違えたらしい。

とはいえ結果的にダンジョンは吹っ飛んでしまった。ハーちゃんとネレムがいなかったのは不幸中の幸いである。

ジーダとゴンスルは平謝りしていた。べつに我は気にしていない。欲しかったものは手に入れたしな。

「じゃあ、姐サン。オレたちここで……」

「今日はすみませんでした」

「うむ。また冒険をしよう、二人とも」

街道馬車から降り、王都の門の前まで戻ってくると、我はジーダとゴンスルと別れた。

我は手を振り見送ったものの、二人は肩を落としたまま手を振り返さずに去って行った。よほど疲れていたのだろう。しかし未熟だが、骨のある冒険者たちだった。ネレムの知り合いだけはある。

「ルーちゃん!!」

まるでジーダたちと入れ代わるように現れたのは、ハーちゃんだった。

側にはネレムがいて、後ろには装備を調えた冒険者たちがいる。

「ルブルの姐さん、よくご無事で」

「おお。ハーちゃんに、ネレム。よく無事だったな」

「え？　ルーちゃん、なんか言葉が……」

しまった。ここではお嬢さま口調にしなければ。

あ、ああ……。う、うん（喉を調整）。

「失礼しました。無事だったのですね、二人とも」

「心配しましたよ、ルブルの姐さん。ハーちゃんの姐貴なんて、人さらいに遭ったんじゃないかって。ずっと泣いていたんですからね」

確かにハーちゃんの目は赤く腫れていて、頰には涙の跡が残っていた。

そして今もなお、涙を浮かべている。

「ごめんなさい、ハーちゃん。私はこのとおり元気ですから」

「良かった」

ハーちゃんはギュッと我を抱きしめ、子どものように甘えてくる。

ふふ……。こんな時になんだが、やはりハーちゃんはかわいいな。

我とハーちゃんが抱擁を交わしていると、ネレムの知り合いが進み出てきた。

「無事で良かったよ。最近、こっそりアルバイトする聖女候補生を騙して、人気《ひとけ》のない森や洞窟に連れ込んで乱暴する事件が頻発していたんだ」

「姐さんもそれに巻き込まれたんじゃないかって……。まあ、ルブルの姐さんのことだから、そんなヤツ、一発でのしてしまうだろうから心配はしてませんでしたけどね。それより、今まで何をしていたんですか？」

「かけがえのない仲間たちと、かけがえのない時間を過ごしていただけですよ」

我は空を望む。夕暮れ時の空に、一番星が輝いていた。

まるでそれは、子どものように笑うジーダとゴンスルのようであった。


数日後、ネレムの知り合いが言っていた暴行犯二人組が捕まった。二人は自首してきたらしく、供述によれば「助けてくれ。このままじゃ殺される」と意味のわからないことを言っていたらしい。

衛兵は二人が依存性の高い禁止薬物の使用や、なんらかの組織犯罪に巻き込まれたのではないかとして、慎重に捜査を進めているのだそうだ。


さてハーちゃんとネレムには申し訳ないことをしてしまった。

心配させたことはもちろんだが、せっかく三人で冒険者（仮）になってお金を稼ごうとしていたのに、我が台無しにしてしまった。二人がダンジョンにいない可能性は、かなり早い段階で気づいていた。なのに昔の宝物庫を見つけ、興奮を抑えきれず、いたずらに時間を浪費してしまったのは我の落ち度だ。

しっかり反省し、鍛錬に生かすしかない。そうだ。明日は護摩行《ごまぎょう》にしよう。地獄の炎の中に二〇時間もいれば、煩悩も燃え滓となって消滅するであろう。

そうだ。煩悩といえば忘れていた。

「二人とも今日はすみません」

「謝る必要なんてないッス、ルブルの姐さん」

「ネレムさんの言うとおりだよ。ルーちゃんが無事に戻ってきてくれただけで十分だよ」

「その……。お詫びといってはなんですが……」

我は【時元《メデイム》】の魔術を使う。これは別空間へと続く窓を開く魔術だ。中では空間が無限に広がっていて、我は収納スペース替わりに使っている。便利は便利なのだが、物を入れすぎて何が入っているのか忘れてしまうことが、玉に瑕だ。

宝石などの貴重なものは宝物庫に預けてしまうのだが、結局場所を忘れていたのだから今後は保管方法を再考せねばならぬだろう。

【時元《メデイム》】の中から取り出したのは、色とりどりの宝石である。

ルビー、サファイア、お馴染みのダイヤモンド、パールなど様々だ。

道ばたで広げ始めると、ハーちゃんとネレムが慌てて止めた。

一先ず我の寮の部屋に戻り、改めて宝石を並べる。

「ルーちゃん、これどうしたの？」

「すげぇ……」

二人とも赤や青の宝石を見ているのに、目を白黒させていた。

これらの財宝は全部、我の宝物庫から持ってきたものだ。

「私が潜ったダンジョンの中で手に入れたものです」

「え？　ルーちゃんが潜ったダンジョンって、ガス爆発が起きて潰れたんじゃ」

「あ……。えっと、その前に手に入れて……。あは、あははは」

そういえば、ハーちゃんたちにはそんな言い訳をしておいたのだったな。

さすがに我の宝物庫が自爆したとは話せず、たまっていたガスがなんらかの原因で引火し、ダンジョンが吹き飛んだのだと、二人には説明したのだ。

少々言い訳としては苦しかったかもしれぬが、変に真実を混ぜれば二人が興味を持つかもしれない。これ以上言及せぬほうが良かろう。

ちなみに爆発前に手に入れておいたというのは、本当だ。正確には爆発してる最中、【次元腕《デロス》】を使って回収できそうなものを手当たり次第拾ってきたのである。

好きな物を持っていけと言ったが、ハーちゃんもネレムもなかなか決められない。

するとハーちゃんは、小さな香炉を持ち上げた。

「ハートリーの姐貴、それを持って帰るんですかい？　だったらもっと高く売れそうな宝石にしませんか？　ほら、これなんかどうです？」

「ネレムは何もわかっていませんね」

「す、すみません、ルブルの姐さん」

ネレムは額を地面に付ける。べつにそこまでして謝る必要はないのだが……。

時々、ネレムのことがわからなくなる。

「この香炉に使われている石はネフライトと言ってね。とくに白い物が珍重されるの。確か宝石言葉があって、〝慈悲と許し〟だったかしら。……どうしたの、ネレムさん」

「ハートリーの姐貴、詳しいっスね」

「私も驚きました。まさか宝石言葉まで知ってるなんて」

ネフライトは宝石の中でも、珍品中の珍品だったはず。その宝石言葉まで知っているとは……。ハーちゃんの意外な側面を見れて、ちょっと嬉しかった。

「大したことじゃないよ。うちは商家でしょ？　たまに宝石なんかも扱ってて」

「なら、それにするんですか？」

「ううん。やめとく。……ダンジョンの宝石って昔誰かが持っていたものでしょ。それを取っちゃうのは悪いかなって。ルーちゃんには悪いけど、受け取れないよ」

苦笑いを浮かべて、ハーちゃんは香炉を置いた。

ハーちゃんらしい判断だ。そういうことであれば、我も無理強いしない。

それにこの宝石は我が取ってきたもので、我らが取ってきたものではないからな。何かそろいの物を身に着けるのであれば、三人に共通の記憶がある物のほうが良いような気がする。

「それにわたしは露店で売ってるようなガラス製の宝石も好きなの。わたしたち学生だし、ああいうのが今のわたしたちにはいいんじゃないかな？」

「私もハーちゃんの意見に賛成です」

「姐さんに、姐貴がそう言うなら仕方ないですね」

ネレムはすでに決めていたサファイアが嵌まった指輪を置く。

結局、後日改めて冒険者のアルバイトをし、その報酬を持って再び市場に行くことになった。

それにしても、ハーちゃんの博識ぶりには驚いた。商家は下町にあると聞いたが、そんな場所で貴重なネフライトなど扱うものだろうか。

思えばハーちゃんの家に行ったことがない。

無理強いするのは好まぬが、いつか生家を訪問し、ご両親に挨拶したいものだ。


次の安息日。

我らの胸元には、色違いのネックレスがそろっていた。

ふふふ……。やはりいい。ガラス玉だが、我には金剛石以上の輝きを感じる。

今回ハーちゃんに見立ててもらったのだが、やはりセンスが良い。我も目利きには自信があるほうだが、ハーちゃんのほうが上かもしれない。ちなみに学校には着けていかないつもりだ。

【護法印《アミュレット》】は別として過度な装飾は校則で禁止されているからだ。

遊びに行くときぐらいしか身に着けられぬが、それも特別感があって良い。何より三人お揃いで身に着けていることが、この色違いのネックレスの価値を高めていた。

「ふっふっふっ……」

「ご機嫌ですね、ルブルの姐さん」

「ええ……。こんな風に他人と同じ物を共有するのは初めてなので」

「そういえば、わたしも」

「考えてみれば、あたいもそうですね。聖騎士になるための鍛錬ばかりしてましたし」

「やはり、私たちは仲がいいですね」

ああ。なんと居心地のいいものか。再びぬるま湯に浸かっているように気持ちがいい。

玉座の柔らかさ。頂点に立つ者の高揚感。それも悪くはなかったが、今世の我が魂を包む空気は、魔王時代に味わえなかったぬくもりを感じる。

今なら【大聖母】アリアルの言ったことがわかるかもしれぬ。

友ができることこそ、最強の癒やし、そして最強の回復魔術なのだと……。

もしかしたら、回復魔術の深奥とは回復魔術を使わないことだったりするのだろうか。

剣術の深奥が、剣を持たないことであるように……。

面白い。やはり奥が深いな、回復魔術は。だが今は、この時間がずっと続けば良い……。

夢心地の中で、我は切に願う。

第一〇話

学院に出かける前の朝。

いつもどおり朝食を口にしていると、普段は黙って食事を摂ることを旨《むね》とするターザムが、珍しく口を開き、我に声をかけてきた。

「ルブルよ。最近王都で連続殺人事件が起こっているそうだ」

「まあ、怖いわねぇ。ルブルちゃん、授業が終わったら真っ直ぐおうちに帰ってらっしゃい」

「そのほうがいい。道草など食ってはいかんぞ」

べつに道草など食うほど、腹を空かしてはおらんが……。

とはいえ、ターザムに自主練をしていると言うと、烈火の如く怒るだろうからな。

「淑女はマリルのようにしふくよかなほうが良いのだ」と公言しているし。

我はどちらかといえば、引き締まった感じの女子《おなご》のほうが好みだが……。

「まあ、ルブルが標的になることはないだろうが」

「どういうことですか、あなた？」

「公には連続殺人事件の被害者は公表されておらんが、よからぬ噂を聞いた。なんでも被害者が全員、王族なのだそうだ」

「王族って、王様の親族ってことよね。まあ、王様もさぞ心を痛めておいでてでしょう」

「王宮は犯人捜しに躍起になっているらしい」

王宮とは君主や多くの権力者の住み処であり、人類の最後の砦だ。

当然衛兵の数は並ではなく、そこで殺人を起こすのは容易ではない。

その王宮の守りを破り、殺人に及ぶことができる者などそうそういるものではないだろう。

真っ先に考えられるのは、身内の犯行。そうでなければ相当な手練《てだ》れで間違いあるまい。

「どうしたの、ルブルちゃん？　怖い顔をして」

「また良からぬことを企んでいるのではないか、ルブルよ」

「そ、そんなことはありません、父上。そろそろ登校時刻ですので、私はこれで」

両親に見守られ、我はそそくさと家を出るのだった。


聖クランソニア学院に続く赤煉瓦の道を歩きながら、我は少し物思いに耽っていた。

常に回復魔術の深奥の座に身を置き、語らう友もできた。玉座に座っていては体験できなかったであろう経験も積み、心技体ともに充実した日々を過ごせている。

ただ時々、ぽっかりと心に穴が空いたような気分になるのはなぜか。

十分すぎるほど、学院や友、クラスメイトから心の対価をもらっているというのにだ。

原因は自ずと感じている。おそらく我に敵がいないことだ。

今、我は大魔王ルブルヴィムとして、明確な敵を欲していた。

それも生半可《なまはんか》な相手ではなく、好敵手《ライバル》を望んでいる。

だが、現時点において我を脅かすような逸材と会敵したことはない。聖クランソニア学院でトップクラスと呼ばれる『八剣《エイバー》』という輩ですら、学生の領分から抜けていなかった。

ロロクラスとは言わぬが、せめて我に明確な殺意を持って挑み、ギリギリのところまで踏み込んで互いに斬り結んでみたい。ふと、そんな欲に囚われる。

そういう意味で、王宮で殺人事件を起こしているという犯人は気になる存在だ。

身内の犯行の可能性は大いにあるが、仮に王宮の警備を突破し、犯行に及んでいる手練れであるとすれば、それは間違いなく我にとって良質な餌となろう。

「ひぃいいぃいぃいぃいぃいいい‼」

突如聞き覚えのある悲鳴が、側で響いた。

見ると、ハーちゃんがスッ転んでいる。よほど盛大に転《こ》けたのだろう。

真っ白な膝小僧からは血が流れていた。

「大丈夫ですか、ハーちゃん。今、回復魔術をかけますね」

〝さあ、回復してやろう〟

ハーちゃんの膝小僧にできた傷がみるみる治っていく。

うむ。今日の回復魔術はなかなか調子が良さそうだ。逆にハーちゃんのほうは調子が悪いらしい。膝の傷はすっかり癒えたが、尻餅をついたまま我のほうを見て固まっていた。

どうしたのだろうか？　寝不足？　それとも病気か？　くっ！　いずれにしてもハーちゃんを全回復できていない時点で、我の回復魔術は未熟ということではあるが……。

調子良さそうなどと油断してしまった。もっと気を引き締めなければ。帰ったら、あと五万回、回復魔術の詠唱をしよう。

「ハーちゃん？」

「ハッ！　あ、ごめんごめん。なんかぼうっとしちゃってた。あははは……。でも、久しぶりでビックリしちゃったよ。ルーちゃん、また以前みたいに悪い顔をしてるんだもの」

「う！　また私、ジャアクになってましたか？」

ハーちゃんに聞いて知ったのだが、我には通常の笑顔と、ジャアクな笑顔があるらしい。友達ができてからは、後者はなりを潜めていたのだが、魔王の頃のことを考えると、元に戻ってしまうようだ。

そもそも今、我は人間で、聖女候補生である。敵を求めることはナンセンスだというのに。

「ルーちゃん、覚えてる？　ルーちゃんが言ったんだよ。『ここで友達になってよ』って」

「もちろん！　覚えてますよ」

今思うと、少し恥ずかしい記憶ではある。

あの時は友達の何たるかも知らず、ただ愚直に回復魔術を極めることしか考えていなかった。

それでも友達になってくれたハーちゃんには、感謝しかない。ハーちゃんがいなければ、我は今も誰かに『ジャアク』と恐れられていただろう。

「あの時、すっごくビックリしたよ。ルーちゃんったら、いきなり押し倒すんだもん」

「あ、あれは…………母上がそうしろって」

「え？　マリルおばさんが？　そっか……。でも、それが良かったのかも」

「押し倒したことがですか？」

「わたし、引っ込み思案だから。誰かが友達になろうって言ってくれるのを待つことしかできなかったの。だから、全然学院で友達ができなくて。そしたら、ルーちゃんが……」

「ご、ご迷惑だったでしょうか？」

「ううん。すごく嬉しかったよ。わたしの友達になってくれてありがとう、ルーちゃん」

感謝すべきは我のほうだ。

周りからジャアクと恐れられている中、ハーちゃんは我の友達になってくれた。

周囲からの視線を無視し、我の友となってくれたことには相当な勇気が必要だったはず。

だけどハーちゃんは友達になってくれた。我が魔王ならば、きっとハーちゃんは勇者なのだろう。

何も強さだけが我を満足させるのではない。

ハーちゃんのような心の強き人間こそ、我が欲する強者ではないだろうか。

『ヒヒィィィインンンン!!』

聖クランソニア学院が誇る赤煉瓦道に、馬車が乗り付ける。

校舎のほうへと向かっていくのかと思いきや、馬車は我らの前で止まった。

瀟洒《しょうしゅ》な木細工が彫られた客車の中から一人の紳士が降りてくる。撫でつけられたブロンドの髪に、ワインレッドの瞳が冷たく光る優男《やさお》であった。

我らのほうにやってくると膝を突き、優男は傅《かしず》いた。

「お迎えに上がりました。ハートリー王女……」

我は絶句した。魔王時代も含めてこれほど、息が詰まったことはない。

男はたしかに言った。

ハーちゃんが王女と……。

我は馬が引いていた客車に目が行く。そこには王都に住んでいれば誰でも目にする紋章があった。

火山を模した赤と黄色の市松模様の中に、空想の獣ブルーフェニックスが飛び立とうとしている。それはある国が魔族の侵攻に対して、不屈の精神を見せるために作ったと我は聞いた。

馬車の客車に施されていたのは、セレブリヤ王国の紋章だ。

優男がセレブリヤ王国の王族に縁のある者であることは間違いなかろう。

ならばその者が王女と言うなら、ハーちゃんはセレブリヤ王国の姫ということになる。

信じられぬ。そもそもハーちゃんは下町の商家の娘だと聞いていた。事実、ハーちゃんが姫だというなら、今まで嘘を吐《つ》いていたということになる。

我以上に動揺していたのは、ハーちゃんだ。腰を引き、熱烈な視線を向けてくる優男から必死に目を背けている。そんなハーちゃんの心根を見透かすように、優男は手を伸ばした。

「お待ちください、紳士。どなたか存じませんが、みだりに私の大切な友達に触れないでいただけますか？」

我が睨むと、優男は真っ直ぐに睨み返してきた。

【邪視《ジャック》】こそ使ってはいないが、我の目は早々人が凝視できる類いのものではない。本気で睨んだ今ならなおさらだ。この優男……。どうやら只者ではないらしい。

しばし睨み合いが続くかと思われたが、優男は伸ばした手を自分の胸に置く。そして前振りも謝罪もなく、ただ自分の名前を告げた。

「僕の名前は、ユーリ……。ユーリ・ガノフ・セレブリヤ」

「セレブリヤって……」

ハーちゃんがゆらりと一歩後ろに下がる。我もまた驚きを禁じ得なかった。

ラストネームにセレブリヤとつく一族は、世界広しといえど、一つしかない。

つまり、このユーリという者も、王族ということになる。

「そして…………」

何もないところから鞘に収まった剣が現れる。

豪奢な鞘細工に相応な雰囲気のある剣。刃幅は広く、かつ数多くの魔術増幅《エンチャント》を感じた。

一代で鍛え上げられたものではない。数世代かけて編み出された珠玉の名剣であることは、一目見てわかった。

現世界において、これほどの力を持つ剣は一つしか心当たりがない。

すなわち聖剣である。

あのミカギリとかいう小僧が持っていたレプリカとはまったく違う。

鍛え上げられた刀身、緻密に編み上げられた魔術式、そして存在を多層化させた年代物。

まさに一級品を超えた超一級品だ。そんなものを無造作に構えることができる者など、そう多くはいないはずだ。

「あなた、聖剣使いですね……」

それは聖騎士の中の聖騎士を指す言葉だ。

学院で『八剣《エイバー》』だなんだと騒いでいる山猿どもとは違う。むしろその者たちが目指す先が今、我の前で剣を構えている。しかも王子などという大層な肩書き付きでだ。

だからと言って、我もそう簡単に引き下がるわけにはいかない。たとえエリニューム教において最上位クラスの聖剣使いであろうと、魔王である我が退くなどあり得ぬことだ。

「そう僕は聖剣使い。そして、ハートリーの兄に当たる。これで僕が怪しい者でないことはわかってくれたかな？」

「いえ。残念ですがまだです」

「ハートリー、君はずいぶんと疑り深い友達を持ったんだね」

「王族であるあなたが、なぜわざわざハーちゃ――ハートリーさんを迎えにきたのですか？王族であるなら使いの者をまず寄越すはず」

「もっともだね。ただ最近なにかと物騒でね」

「王族が次々と何者かに殺されていることですね」

「おやおや。もう噂が立っているのか。市井《しせい》の噂も侮れないな」

ユーリはやれやれという感じで前髪をいじる。やがて重い口を開いた。

「君の言うとおりだ。現在、三人の王族が殺されている。ずいぶんと用意周到な殺人鬼らしくてね。だから僕が直々《じきじき》に迎えにきたのさ」

「聖剣使いともあろう者が、王宮に入った鼠一匹捕まえられないのですか？」

「君は本当に手厳しいね。いいよ。そういう女の子は嫌いじゃない……」

「恐れ入ります」

我はスカートを摘まみ、澄ました顔で軽く会釈した。

自分でも多少語気が荒くなっていることは自覚している。

今にも魔王としての自分の顔が現れそうだった。本来抑えるのが定石だが、友達が横で怯えているのを見て、平静でいられるほど我の精神は強固ではない。

「殺された者はみんな、王位継承権を持つ王子王女ばかりでね。だが彼らにもプライベートというものがある。たとえ、兄姉であろうと、すべての時間において守るのは難しいものだよ」

「殺されたのは、王子王女ばかりなのですか？」

「そうだ。立て続けに三人も王位継承者が亡くなってね。だから、ハートリーにまで王位継承の可能性が出てきたんだよ」

「わ、わたしは――――」

「昨日すでに事情を話しただろう。君には間違いなく王族の血が流れている。これまで君や、君の今の両親に苦労をかけたことは、王族を代表して謝罪しよう。だから、我々のもとに来てほしい」

「でも……」

ユーリが手を伸ばしても、ハーちゃんが進み出ることはなかった。

その反応を見て、我の頭にさらに血が上る。

「経緯は知りませんが、ずいぶんと勝手なお呼び出しではないでしょうか？」

「そろそろ部外者は黙っててくれないかな。勇敢な女性は嫌いではないけれど、度が過ぎれば非礼に当たる。そもそも一学生が王族と対等に話していること自体、恐れ多いことなんだよ」

ここで身分の違いを見せつけるか。愚者め！

お前のほうこそ、我の前で命があることを喜ぶがいい。

聖剣使いだか王子だか知らぬが、本気になった我の前では、一秒すらもたぬ雑兵風情が……。

こうなれば、実力でわからせてやろうか。

「やめてください……」

凛と響いたのは、ハーちゃんの声だった。

我とユーリの間で熟成し始めた一触即発の空気を察したらしい。

ようやく我の背中から出てくると、ユーリの前に進み出る。

「ルーちゃんも、ここは抑えて。ね？」

ハーちゃんは笑顔を浮かべ、我を安心させようとする。

それが無理矢理作り出したものであることは、ずっと友を見てきた我にはすぐにわかった。

前を向いたハーちゃんは、ユーリを見つめ、決断する。

「行きます。わたしを王宮に連れていってください」

「やっとその気になってくれたんだね、ハートリー。嬉しいよ。新しい家族を迎えられるんだからね。大丈夫。君のことは僕が――――」

「ただし条件があります。ルーちゃんにも学院のみんなにも危害をくわえないこと。権力を振りかざしたりしないこと。いいですね？」

「そんなことはしないよ。僕はこれでも真面目《まじめ》な王族なんだ。趣味の悪い貴族じゃない」

「あと、もう一回家に帰らせてください。今の家族に挨拶を」

「仰《おお》せのままに……。でも勘違いしてはいけないよ。君の両親はこの世で一組だけ。この国の頂点にいる人だ。あんな浮浪者ではない。そこのところ、肝に銘じるんだ。いいね」

　ユーリが聖剣を収めても、ハーちゃんの組んだ手は微かに震えていた。怖がっているのも、無理をしているのも我にはわかる。ここで出会ったときのハートリー・クロースに戻ったようだった。

「ハーちゃん！」

「ルブルの姐さん、そこまでです!!」

　突然現れたネレムに、我は羽交い締めにされた。

「ネレム！　何をするのですか？」

「事情はわかりません。で、でもここは堪えてください。あれは王族の紋章がついてる馬車です。それに逆らったら、お家が潰されちゃいますよ。アレンティリ家が……、姐さんの両親が路頭に迷ってもいいんですか？　王族ってのは、それぐらい権力を持ってるんです。ここは抑えてください」

我が喚いていると、徐々に生徒たちが集まってきた。

「ジャアクが王族に逆らってる？」

「ついにジャアクが王族に反旗を翻した？」

「マジかよ？」

「叛逆者ってことか。やはりジャアクは所詮ジャアクだな」

登校する生徒の陰口が聞こえる。その間に馬車はハーちゃんを乗せると、すぐ客車の扉を閉めてしまった。

「ハーちゃん！」

我の声にハーちゃんが反応する。

ちらりと我に向ける眼に、涙が滲んでいるように見えた。

馬車は動き出す。ハーちゃんを乗せたまま王宮のほうへと走り去っていった。

遠ざかっていく車輪と馬の蹄《ひづめ》の音を聞きながら、我は拳を握り込む。

「ルブルの姐さん。事情はわかりませんけど、すみません」

「いいのです。ネレムの行動は、私と私の両親を慮ってくれたこと。咎めはしません」

「あ、ありがとうございます。……し、しかし、ハーちゃんの姐貴に一体何が？」

「行かねばなりません……」

「え？　どこへ？」

ハーちゃんは泣いていた。

我はあの涙を癒やさなければならない。

もう我は魔王ではない。アレンティリ家の娘で、聖女を目指す候補生である。

なによりハーちゃんは我の友人だ。その友人が泣いていた。

きっとどこかが痛いのだろう。ゆえに我は癒やさなければならない。

未熟であろうとも、友の傷は我が絶対癒やしてみせる。

◆◇◆◇◆

我にとって回復魔術を極めることは、生涯においてもっとも優先すべき課題だ。

そのために魔王という地位を捨て、人間に転生し、現在聖女を育成する聖クランソニア学院の生徒として日々精進《しょうじん》している。本来であれば、勉学に没頭し、教官から語られる至高の教えに耳を傾けなければならない。

だが、我はその日――初めて授業をサボってしまった。

理由は一つ。ハートリー・クロースのことについて改めるためだ。

我はハーちゃんについてよく知っている。Ｆクラスに通う、優しい学生で成績は中の上。演劇が好きで、とくに『鬼、滅ぼすべし刃』の鬼死というキャラクターが大好きだ。宝石について詳しく、我がアレンティィリ家に招待したときは、マリルのシチューを大層気に入っていた。

様々な喜怒哀楽の表情を見せるハーちゃんを知っている一方で、我はハーちゃんの家族のことをよく知らない。兄姉はいるのか、両親の仲は良好か、家ではどんな風に過ごしているのか。振り返ってみると、家が下町の商家であること以外、何一つ知らない。

意図的に話さなかったのか、あるいは話したくなかったのか。

王宮に連れ去られた今となってはわからぬ。

だから、知りに行くのだ。我が友ハートリー・クロースのことを。

そうして我はハーちゃんの住む——いや、住んでいたクロース商会にやってきた。

裏通りに面する下町はごちゃごちゃしているが、わりとすぐに見つかった。最近、王家の紋章がついた馬車を見かけなかったか、と尋ねたら、真っ先にここの住所を示したのだ。

幸先よく見つかったはいいが、一つ問題がある。

我は息を吐き、隣に立った長身の金髪エルフを睨んだ。

「ネレム、あなたまで付き合う必要はなかったのですよ」

「何を言ってるんですか、ルブルの姐さん。あたいだって、ハーちゃんの姐貴のしゃて……友人ですよ。ほっとけるわけがないじゃないですか（本当に放っておけないのは、ルブルの姐さんだけど）」

「ネレムもハーちゃんが心配なんですね」

「当然です！（本当に心配なのは、何をしでかすかわからないルブルの姐さんだけど）」

「あなた時々独り言が多いのですが、いつも何を言っているんですか??」

「何でもないです！　い、行きましょう!!（ルブルの姐さん、こえぇ！）」

ハーちゃんの家は下町にあるだけあって、如何にも見窄らしい木造平屋の建物だった。

外から見る分にはなんの変哲もない商家に見えるが、日中であれば本来開いているだろう店の入口が閉まっている。『準備中』と書かれた札が虚しく風に揺られていた。

玄関には鍵がかかっていて、叩いてみても返事はない。

「留守ですかね？」

「いえ。人の気配がします」

我は【戍瞳《クドム》】という探索魔術で店内を探る。

少なくとも一人いて、机の前で微動だにしていない。

まさか怪我？　あるいは病気か。

「やはり中に人がいますね。まったく動きませんが……」

「ええ！　どこかほかの出入り口を探して」

「探している暇はありません。ネレム、私の肩に触りなさい」

「は、はい」

【闞歩《ディスン》】を使い、我は空間を飛ぶ。一瞬にしてクロース商会の中に侵入した。

突然のことに対応できなかったのか、ネレムは着地できず尻餅をつく。

しかし打ちつけた桃尻よりも、ネレムには気になることがあった。

「酒臭い……」

店の中を覗くと、机に男が突っ伏していた。

四〇前といったところか。無精髭《ぶしょうひげ》を生やした男は少々下品な音を立てて、いびきをかいている。机と、その下にも転がった酒の空き瓶から察するに、酔いつぶれて寝てしまったのだろう。

机や床には、十数枚ほどの金貨が散らばっていて、男の手にも数枚握られている。

状況から察するに、ハーちゃんのお父上だろうが、些か驚きを禁じ得ない。目の前の体《てい》たらくを見ると、優しい娘を育てた親には到底思えなかったからだ。

どうやら、ここに例の王国の者がやってきたことは間違いない。【戍瞳《クドム》】は過去に店で何があったか、さらにその痕跡も示してくれる。いかにも生真面目な王国騎士たちの足跡が店の中に続いていた。最終的に娘は連れていかれ、お父上はその悲しみを酒で癒《ごまか》すしかなかったらしい。

テーブルの上の金貨を見つけたネレムは、怒髪天を衝くとばかりに髪を逆立たせた。

「この金貨……。まさかハートリーの姐貴を売ったのか？　くっそ！　子どもを売るなんて！　親の風上にもおけねぇ！　一発殴ってやる!!」

「落ち着きなさい、ネレム」

騒いでいると、ハーちゃんのお父上が目を覚ました。

「ん？　あれ？　いらっしゃいって……。学生？　その制服……、学院の……」

まだ酒精が残っているらしい。顔は赤く、目の焦点が合わないようだ。

それでも我らの着ている聖クランソニアの制服に反応していた。

我は一応礼節に乗っ取ろうと、ターザムに叩き込まれた貴族式の挨拶を披露する。

「はじめまして、ハートリーさんのお父様。私の名前はルブル・キル・アレンティリと申します。ハートリーさんとはとても親しくさせていただいております」

「ハートリーの友達？　そうか。こんな友達がいたんだな。……いや、もう私の娘ではないが」

「事情をお聞かせいただけないでしょうか？」

我はハーちゃんのお父上に水を一杯差し出す。その水を一口含んだ後、お父上はこれまでの経緯を話し始めた。


ハーちゃんが王族の血を引いていることは、間違いない事実のようだ。

どうやら国王が侍女と一夜の過ちを犯し、侍女は子を身ごもったことに気づいたが、国王には隠していたらしい。国王の耳に入ったときには、侍女のお腹はすでに大きくなっていた。王国の法によれば、侍女も子どもも死罪となるのが通例らしい。だが、国王の計らいにより、王宮に出入りしていた御用商人であったハーちゃんのお父上に二人は預けられた。以来、下町でひっそりと三人で暮らしていたという。

「なんで王都の下町に？　風聞を避けるなら遠くの街に逃げればいい。御用商人ならお金もあったはずだろ」

ネレムがハーちゃんのお父上に詰め寄る。

その勢いに狼狽えるお父上の代わりに、我が説明をした。

「王都から離れれば、その血を使って良からぬことを企む者が現れるかもしれません。それよりも監視のしやすい手元に置くほうが、子どもも国も安全と考えたのでしょう。事実、ハートリーの母親にはそういう節があったようですね」

「ああ……。君の言うとおりだよ」

ハーちゃんの母親は王宮から追放されても、娘に王家の血筋が流れていることを隠さなかったそうだ。そしていつか王宮に戻る日のために、自分が見聞きした作法や教養をハーちゃんに身につけさせた。ハーちゃんに宝石の知識があったのも、平民でありながら聖クランソニア学院に入学できるほどの学力があったのも、母親の教育の賜物だったようだ。

そのハーちゃんの母親は三年前にほかの男と駆け落ちし、店から出て行ったが、三日後酔って冬の冷たい川に飛び込んでしまい、そのまま帰らぬ人となったらしい。

以来、ハーちゃんは血の繋がらない父親と一緒に、この家で暮らしていたというわけだ。

「お父様、その頬は？」

「ハートリーが連れていかれるときにちょっとね」

やはり本意ではなかったのだろう。血を分けていなくても、ハーちゃんのお父上は娘を守ろうと、必死に抵抗したのだ。その痕跡はきちんと【戌瞳《クドム》】が伝える映像にも残っていた。

失礼を、と断って、我は回復魔術をかける。お父上の頬の傷を一瞬にして癒やした。

「ありがとう。……そういえば、ハートリーにもこうして回復魔術をかけてもらったな」

娘のことを語ると、お父上はボロボロと泣きだし、嗚咽《おえつ》をあげた。

お父上は決してハーちゃんを売ったのではない。我らよりずっと……生まれたときからハーちゃんを愛し、育ててきた。その思い出まで売り払ったわけではないのだ。

「後継者が足りないからって……。まさか侍女との落胤《らくいん》まで呼び寄せて。そんなに王族の血って大事なんですかね？」

「さあ、私にはわかりかねます」

我は魔王ではあったが、跡取りのことなど考えもしなかった。人間の君主たちが何を考えているのかさっぱりわからない。ただ人類の寿命は我ら魔族と比べて短い。集団である国と国民の生活をより豊かにするためには多くの時間が必要となる。そのためには自分と同じ血と思考を持つ子孫を生み、教育する必要があったのだろう。

「ハーちゃんの部屋を見てもいいですか？」

「かまわないよ。何か欲しいものがあれば、持っていくといい。ハートリーも喜ぶはずだ」

お父上の許可をもらい、我は家の奥へと向かう。

細く、踏むと奇妙な音が鳴る木の廊下を進み、我らは導かれるように部屋に辿り着く。

そっと横戸を開いた。

「ハーちゃんの匂いだ……」

ベッドに本棚、そして机だけが置かれた、せせこましい部屋が現れる。

これがハーちゃんの部屋らしい。きちんと清掃され、ベッドの上には畳んだ布団が置かれている。いつかの細密画《ミニアチュール》はいかにもお手製といった額縁に入れられ、本棚には好きな演劇の本や、学院の教本にくわえて、医学や薬学の本が収まっていた。どうやら回復魔術以外の治療方法も勉強していたようだ。

我はクローゼットにかかっていた聖クランソニア学院の制服に近づく。

きっちりと糊付けされていた。部屋は整っているが、何か寂しい印象を持たせる。

小物が少ないというのもあるが、ここでハーちゃんが日々過ごしていたのかと思うと、胸が詰まった。自然と手が首から下げたネックレスに伸びていく。ネレムとともに、三人でおそろいにしたあのネックレスだ。

「ハートリーの姐貴、自分の運命を受け入れてしまったんですかね。もう、あたいたちは友達じゃなくなるんでしょうか……」

「そんなことはありません、ネレム」

「でも、姐さん……」

「ハーちゃんの意志はわかりました。会いに行きますよ、ネレム」

「会いにって……。無茶っス！　ハーちゃんの姐貴は王宮にいるんですよ！」

「我を誰だと思っている？」

我の声に、ネレムは反射的に縮こまる。

部屋の中にあった小さな鏡に映っていたのは、悪魔的な笑みを浮かべた我だった。

ハーちゃんをよく怖がらせた、魔王の顔だ。

そう。我は大魔王ルブルヴィム。

剣術・槍術・弓術・拳闘術・魔術――あらゆる術理を修めた至高の存在。

畏怖の象徴、そしてハーちゃんのお友達……。

だから、絶対に会いに行く。たとえ世界が我の敵になろうともな。

◆◇◆◇◆　ハーちゃん　side　◆◇◆◇◆

ハートリーは、ふと顔を上げた。

一瞬、ルブルの声が聞こえたような気がしたからだ。

今、彼女は王宮のテラスにいた。貧乏商家では触ることすら叶わなかった淡いピンク色のドレスを纏い、頭上に広がった満天の星々と、その下に広がる王都を見つめている。

「夜風は身体に悪いよ、ハー・ちゃ・ん」

振り返ると、ユーリが立っていた。特徴的なワインレッドの瞳は、夜になっても輝いて見える。むしろ昼間よりも妖しく光っていた。まだ王宮の生活にも、新しい家族にも、そしてこのユーリにも慣れないハートリーは反射的に構えを取ってしまう。その様を見て、ユーリは鼻を鳴らした。

「外は危ないよ。いつ殺人鬼が君に凶刃を向けるかわからないからね」

「……わかりました」

ハートリーは素直に言うことを聞き、ユーリの脇を抜けて部屋に戻っていく。

その胸に、かつて露店で買ったネックレスが輝いていた。

◆◇◆◇◆

我らは王宮人事担当官と一緒に王宮の奥へと進んでいた。

傍らには立派な口髭を生やした如何にも老将という男と、エルフの御者が控えている。

「ゴッズバルド元大将、この度は不躾な願いを聞き届けてくださり、ありがとうございます」

ゴッズバルドとは、以前我が彼の母親を助けたときに、知己《ちき》となった。ゴッズバルドは我に特別な忠誠を誓っている。信用に足る人物と思い、すべてを打ち明け協力してもらうことにしたのだ。しかし、王宮に入ることは、ゴッズバルドですら容易なことではない。殺人事件が横行する王宮なら、なおのことだ。

そこでゴッズバルドが提案してきたのは、王宮で働く家臣として我を推挙することだった。

事件以降、人材の流出が後を絶たず、しかし焦って人を募集すれば良からぬ人間を招くことに繋がる。結果的に王宮は一時的な人手不足に陥っていた。しかし子爵令嬢という身持ちの堅さと、ゴッズバルド元大将の推挙とあらば、向こうも無下には断りはしないという。結果、目論見どおり我らは王宮の城門をくぐることができた。

「なんの……。母上の病を治してくれた恩に比べれば容易《たやす》いことです。かっかっかっ！」

ゴッズバルドは豪快に笑い声を王宮内に響かせる。

「それに私にも少々気になることがありましてな。王の落胤が事実であれば大変なスキャンダルだが、そういう話は噂にも聞いたことがない。……ん？　どうした、御者《ぎょしゅ》よ」

ゴッズバルドの横で憧憬の眼差しを向ける者がいる。御者に化けたネレムだ。

「あ、あ、あ、あの！　ゴッズバルド将軍！」

「なんだね？」

「ファンです！　握手してください！」

ネレムは顔を真っ赤にして手を差し出す。

そういえば、出会ったときに何やらそのようなことを言っていたな。

よっぽどの想い人なのであろう。というか、そういうことは出発前にやっておくべきだ。まあ、ネレムはああ見えて奥ゆかしいところもある乙女だからな。恥ずかしくて切り出せなかったのだろう。気さくに応じてくれたゴッズバルドの手を握り、林檎のように顔を赤くしていた。

さらにネレムはそのままゴッズバルドを手元に引き寄せ、その耳元で囁く。

「(大丈夫です。将軍はいつかあたいが救い出します。それまでのご辛抱です)」

「(?·?·?)」

何かゴッズバルドに忠告したようだが、当の本人はよくわかっていないらしい。

頻《しき》りに首を傾げたあと、また豪快に笑った。

「なかなか面白い友達のようだね、ルブル君」

「え？　ええ……。時々突拍子もないことをして、場を和やかにしてくれるんですよ、ネレムは」

「なるほど！　頑張りたまえ、ネレム君！」

「あの……。すみません。静かにしていただけませんか？　ゴッズバルド様も」

ゴッズバルドがバンバンと杭でも打つかのようにネレムの肩を叩いていると、たまりかねた様子で担当官が顔を顰めた。

「ところで、今どこに向かっているのですか？」

「謁見の間です。王様が一目あなた方に会っておきたいと……」

「王様が私に？」

「正確にはゴッズバルド様にです。勘違いされませんよう。国王陛下がはしたない田舎貴族の令嬢などに興味を持つはずがありません」

「貴様！　ルブル子爵令嬢は私が推薦した娘だ。それを愚弄するのか！」

ゴッズバルドは猛る。

担当官に向かって今にも突進しかねないぐらい、鼻息を荒くした。

担当官は「ひっ」と悲鳴を上げる。

「ゴッズバルド将軍、そのぐらいで……。私は慣れておりますので」

「ふん。ルブル嬢に免じてこれぐらいにしてやる。だが一つだけ忠告しておく。私が王宮に関与せずに隠居しているのは、お前らのような腐った権威主義者が蔓延《はびこ》っているからだ。国王様がどれほどそのことで心を痛めておられるか。家臣一同、今一度考えを改めよ！」

ゴッズバルドは喝破する。声も気合いもなかなかすさまじい。

おかげで担当官は「ひゃあああああ……」と情けない悲鳴を上げて、逃げていった。

「よ、よろしいのですか、ゴッズバルド将軍？」

「構いません。あのような貴族でもないのに権威を掲げる家臣には、いいお灸でしょう。まあ、権威を持っていて、それを盾にし人を脅かす輩はもっと嫌いですけどね」

どうやらゴッズバルドは元大将でも、学院にいる貴族の子息とはまた違った考えの持ち主のようだ。我から見れば、この崇高な精神こそ君主にふさわしいと思う。まあ、覇業に興味を持たず、ただ術理を極めることだけに没頭した魔王が言うことでもないだろうがな。

「一先ず国王様のもとへ参りましょう。お目通りしておけば、王宮内を動き回りやすくなるかと」

我らは国王のいる謁見の間へと向かった。

「よく来てくれた、ゴッズバルド」

手を叩いたのは、白髭に恰幅の良い男だった。厚手のマントを羽織り、頭にのせた王冠は実に煌びやかに輝いている。つるりとした餅のような肌に、目元が優しく、人のよさが窺えた。

玉座に腰掛ける男に向かって、我らは慣習に習い、拝跪《はいき》する。

リュクレヒト・マインズ・セレブリヤ。正真正銘のセレブリヤ王国国王である。

突然の訪問であったが、国王陛下は伝説の英雄ゴッズバルドと我らを寛大に迎えた。

側に座ったレナーン王妃も「よくぞ来てくれました」と品の良い笑みを浮かべている。

「しばらく王宮を空けてしまい申し訳ありません、陛下」

「良い！　王宮での噂を聞き、合力するために来てくれたのであろう？　伝説の英雄ゴッズバルドが来てくれれば、百人、いや千人力だ！」

「無論です。……しかし、王子王女のことは残念でした」

「うむ。第二王子マルクト、第三王女プリムラ、第四王子ロウゼン……こう立て続けに子どもを亡くしてはな。父親失格――国王失格だ。自分の子どもすら守れぬのだから」

それまで快活に喋っていた国王だったが、王位継承者の話になると、途端顔を曇らせた。

王妃などはさらに顕著だ。顔を青ざめさせ、今にも涙を流さんばかりに目を伏せている。

王も王妃も人となりは悪くなさそうだ。これが演技というなら、相当な役者であろう。

それに夫婦仲も悪くなさそうだ。それがなぜ、侍女に手をかけたのだろうか。

ハートリーのお父上から聞いた話の印象と、今の国王の印象が繋がらぬのが気になる。

「して……。後ろの娘は？」

「アレンティィリ家の娘ルブル・キル・アレンティィリと申します。」

「アレンティィリ家？　はて？　聞いたことがないぞ」

国王が首を傾げる横で、王妃の目は輝いていた。

「まあ、かわいい……。まるでお人形のようだわ」

「ありがとうございます、王妃様」

我が礼を述べると、ゴッズバルドが改めて紹介した。

「彼女はこう見えて、聖クランソニア学院の優秀な学生です。ひとまずハートリー王女の護衛兼側付きに任じてはいかがかと思い、連れて参りました。歳も同じゆえ、話相手にもちょうど良いかと」

「それは助かる。強く、また気まで利くなど。さすが英雄ゴッズバルドだな」

「恐れ入ります」

ゴッズバルドは恭《うやうや》しく頭を下げる。すると、王妃様が我のほうを向いて言葉をかけた。

「あの子は三日前に来たばかりなの。きっと心細い思いをしているはずよ。お願いね、ルブルさん」

「はい。精一杯務めを果たさせていただきます」

我は今一度頭を下げる。ふと横を見ると、ゴッズバルドが小さく親指を立てていた。

ここまでは打ち合わせどおりだ。今会いに行くからな、ハーちゃん！

◆◇◆◇◆

「痛い！」

王宮の廊下を歩いていたハートリーは、突然何者かに突き飛ばされた。

立っていたのは一二、三歳ぐらいのまだ子どもといえる男の子だ。

綺麗な服装に、やや栄養過剰な体型。卑しい者を蔑むような目と、歪んだ口角をハートリーに向けていた。

王宮に住む子どもなど限られている。王宮には家臣が寝泊まりする場所こそあるが、家族で一緒に住んでいる例はほとんどない。そもそも王族以外、許されていないのだ。

この男の子も王族なのだろう、とハートリーはすぐに察することができた。

「卑しい平民の娘め。父上を騙して、王位をかすめ取ろうなんて」

「わ、わたしは………」

「兄様も、姉様も、お前が殺したんだろう。ぼくが成敗してやる」

名乗ろうとしない王子の手には、すでに木刀が握られていた。

おそらく部屋をこっそり抜け出し、王宮に巣くう殺人者を成敗しようとでも、考えたのだろう。その目は血走り、殺気が垣間見える。兄や姉が殺されたことに憤っていた。

このままでは殺される……。木刀を振りかぶった王子の姿を見て、ハートリーはそう考えた。

踵を返して逃げ出したものの、王子は執拗に追いかけてくる。ハートリーはついこの間まで聖クランソニア学院に在学し、聖女になるため厳しい訓練をこなしてきた。対するは如何にも運動音痴な王子。どちらの運動神経が優れているかは明白だった。

歩哨が立っているところまで逃げようとしたとき、ハートリーはあることに気づく。

陽が落ち、がらんとした中庭に出ると、思い過ごしだと思っていた予感が確信に変わった。

「いない……。近衛の人が…………いない？　それどころか誰も……」

思えば王族は基本的に自室待機が命じられている。

こんな子どもが、大人もつけず部屋の外に出られるはずがない。

そもそもハートリー自身、前後の記憶があやふやだった。

「あれ？　なんで？　わたし、廊下に立っていたんだろう？」

近くにあった噴水の水面に、自分の顔を映す。

見慣れた顔なのに自分ではないような感覚に囚われる。猛烈に嫌な予感が寒気となって襲いかかり、気がついたときには二の腕をさすっていた。

そこに遅れて王子が中庭に飛び込んで来る。

「追い詰めたぞ、犯人め」

「違う！　わたしじゃない!!」

次の瞬間、ジャッ！　と血煙が散った。

赤い鮮血が一瞬花開いたように、ハートリーの視界に映る。

目の前の王子の目がぐるりと回った。そのまま白目を剥くと、王子はあっさり倒れる。

怒りで赤くなった顔が、一転して土気色《つちけいろ》へと変わっていった。

「キャアアアアアアアアアア！」

絹を裂くような悲鳴が夜の王宮に響き渡る。

聖クランソニア学院で何度も怪我人を手当てしてきた。

それでも、目の前で人が死にゆく様を目撃したのは、これが初めてだった。

しかし頭の中はパニックでも、ハートリーの身体は勝手に動き始める。血を見た瞬間、一刻も早く治療しなければという強い使命感が、ハートリーを突き動かした。いつの間にか学院で習った奉仕の精神が身体に染みこんでいたらしい。

ハートリーは滑り込むようにして近づき、王子に回復魔術をかける。

温かな光が王子を包むも、王子の容態が快方に向かうことはなかった。

それどころか、より土気色に染まっていく。

「なかなか面白いね、君……。その王子は君を犯人扱いした上に、殺そうとしたんだよ」

冷たい声が響く。それは横に立った殺人鬼の声であった。

ハートリーが顔を上げる。夜の闇の中でワインレッドの瞳が妖しく揺らめいていた。

立っていたのは、ユーリ・ガノフ・セレブリヤだった。

片手に提げた剣には美しい装飾とともに、赤い血がべったりとついている。

「なぜこんなことをしたんですか、ユーリさん」

「僕は君を助けようとしただけさ」

「殺す必要なんてなかった」

「君にはなかっただろう。けれど僕には殺す必要があったんだ。あの方のためにね」

「あの方？」

「いずれ君も知ることになるさ。君もよく知る方だしね」

「わ、わたしは……。わたしは殺さないのですか？」

「殺さないよ。そんなことをしたら、怒られてしまう」

「……それもあの方ですか？」

「そろそろ来る頃だよ。君の悲鳴はあの方も耳にしたはずだからね。いつかやってくるだろうって思っていたけど、まさかこんなにも早くお出ましになるとは思ってもみなかったよ。君をダシにして呼び出した甲斐があったというものだ」

「え？」

その時、微かに声が聞こえた。

幻聴かと思ったが違う。ついこの間まで聞いていたのに、ずいぶんと懐かしく感じた。

それはハートリーもよく知る声だったのだ。

「ハーーーーーーーーーーーーーーーーーちゃーーーーーーーーーーーーーーーーーん!!」

自然と目に涙が滲む。

恐怖と心細さで冷たくなっていた自分の心が、その一声だけで沸騰していく。

タンッ……。

彼女はついに中庭に降り立つ。

ふわりと淡い桃色のスカートが舞い、銀髪がまるで天使の翼のようにはためいている。

そしてついに赤い瞳が、目の前のハートリーを捉えた。

「ルーちゃん!!」

空から降ってきたルブルを、先にハートリーが抱きしめる。

思わぬ速攻にルブルは少々戸惑いつつ、やがてハートリーの髪を優しく撫で始めた。

「お待たせしました、ハーちゃん」

「ううん。きっと来てくれるって信じてたよ、ルーちゃん」

涙を流し、ハートリーは再会を喜ぶ。

だが、すぐに気付いて、側に倒れた王子を指差した。

「ルーちゃん、この子を助けてあげて」

「見たところ王国の王子でしょうか？　任せてください！」

ルブルの回復魔術が力強く輝く。

土気色だった王子の顔に、みるみる生気が戻り、ついに息を吹き返した。さらにすやすやと安らかな寝息まで聞こえてくる。

「ありがとう、ルーちゃん」

「これぐらいどうということはありませんよ、ハーちゃん。それよりも……」

ハートリーを背にして、ルブルは側に立っていたユーリを睨んだ。

「やはり、あなたが黒幕ですか、ユーリ……」

「どうやら、その娘を餌にして王宮に招いたのは正解だったようですね、我が君」

現れたルブルにユーリが剣を向けることはなかった。

口を閉じ、妖しく笑うと、膝を突いて手を胸に置く。

ゆっくりと金髪を垂らして、ルブルに向かって恭しく頭を下げた。

「大魔王ルブルヴィム様……」

第一一話

「大魔王ルブルヴィム様……」

こやつは今なんと言った？

ルブルヴィム？　我を指して、大魔王ルブルヴィムと言ったか。

今は我が転生して一〇〇〇年後の世界。すでに我の名前は消し去られたはず事実。どんな歴史書にも我のことは載っていなかった。魔王という言葉も、精々《せいぜい》英雄譚や演劇の中で語られる空想の悪役のみ。

今の世に、我の名前を知る者は皆無といっていいはずである。

しかし、思い当たる節がないわけではない。

「貴様、魔族だな……」

「おお！　おお!!　その口調！　匂い立つような覇気!!　まさしく我が君！　僕が仕えたかった大魔王ルブルヴィム様だ!!」

「魔族？　大魔王？　ルーちゃんが……」

狂ったように歓喜するユーリの横で、ハーちゃんが戸惑っている。

事情を説明するべきなのであろうが、一先ず我は目の前のユーリを問い質《ただ》した。

「ユーリ。貴様ら魔族が、人間の城で何をしている？」

「これは異なことを……。ここをあなた様の新しい居城とするためですよ、ルブルヴィム様」

「居城だと？」

「僕たち魔族は、あなた様の復活を待ち望んでおりました。いつか人間に転生し、現れる日を。そしていつかあなた様が聖女の学校にやってくるであろうことから、ずっと網を張っていたのです」

「なるほど。あの異様な魔導具を作ったのは貴様か？」

我が示したのは、聖クランソニア学院の入学試験において、我を「ジャアク」と断じた忌まわしい魔導具のことである。あれには人間の宿業《ルーツ》を辿り、その魂を探る魔術が施されていた。たかが入学試験の魔導具としてはずいぶんと大げさな仕掛けが施されていると思っていたが、我の魂を探すためだったとはな。さすがの我もそこまで考えていなかったぞ。

「おかげでひどい目に遭ったではないか」

「失礼いたしました、我が君。あなた様を迎え入れる準備が必要だったものですから」

「それがこの居城か。王族を殺していたのも……」

「もっと早く殺せれば良かったのですが、この国にも聖剣使いがおります。ヤツらに勘づかれるのは避けたく、少々非効率な手段を採っておりました。しかし、すべて我が君のためとお考えください」

再びユーリは、まるでラミアのように艶やかに笑う。

我に熱視線を向ける瞳には、一定の忠誠心こそ感じられるものの、他方で己に酔っているようにも見える。箍《たが》が外れていると言われればそれまでだが、魔族の中には熱烈に我を信奉する者も少なくなかった。ユーリもその一匹というわけだ。

「気にはなっておったが、魔族は滅んだのではないのか？　それにその姿……。人間に化けているのではなく、人間の肉体そのものだ。お前からは血臭がしても、魔族の匂いは感じ取れない。さりとて肉体に宿る魂からは邪な波動を感じる。まるで――」

「人間の身体に転生したようだと……。さすがはルブルヴィム様。その通り。我らは転生したのです。聖霊エリニュームの転生法を研究してね」

我が転生したあと、ロロの懇願も虚しく、人間たちは一気に魔王城に攻め込んできた。大魔王亡きあとの魔族軍は脆く、あっという間に数百匹にまで数を減らされたそうだ。もはや滅びを免れないと悟った魔族たちは、かねてより研究していた転生法を使用する。それは我のように一〇〇〇年をかけて人間になるのではなく、魔族の魂を人間の身体《うつわ》に無理矢理入れ込むという少々強引な外法《げほう》であった。結果、魔族は人間の皮を被りながら、安定的に個体数を増やしていったのだ。

「我ら一部の魔族は一〇〇〇年経とうが、人間に対する憎しみと、我が君への忠節を忘れることはありませんでした。いつか我が君を中心とした魔王軍を再編し、決起する時を待っていたのです」

「わからんな。なぜ、我に今それを話す？」

「街中で話したところで、我が君は本気にしないでしょう。しかし、この城を見たあとなら考えが変わるはず。我が君は謁見の間に行かれたのでしょう？　いかがですか？　一〇〇〇年後の玉座を見た感想は？　君主として血湧き肉躍りませんか？　あなたが望むなら、今すぐにでも王都にいる人間たちを根絶やしにすることも、国を乗っ取ることもできる。そして魔族の国の再興を……」

「興・味・ない……」

「はっ？　今、なんと？」

「興味ないと言った。国も、玉座も、人間を根絶やしにすることもな……」

「そんな！　数千年もの間、覇道に身をおいたお方が玉座を欲しないなどあり得ません」

「愚か者め。数千年も玉座に座しておれば飽きるに決まっておるわ。だからといってお前らにおいそれと譲るつもりなど毛の先ほどもなかったがな。……それに忘れたか。『〝魔王〟の名を奪いたくば、我に戦いを挑むがいい。挑戦はいついかなる時も受ける』とな。国の体制を変えたければ勝手にせよ。我まで巻き込むな」

「魔族の王でありながら、魔族の大願を否定するのですか!?」

「愚かの極みだな、ユーリ。人間と同化したことにより、考え方まで人間になったとみえる」

「なんだと？　今の言葉！　いくら我が君とて聞き捨てなりませんぞ」

「我はたしかに魔族の王だ。しかしお前たちを従属させるために玉座にいたわけではない。我は魔族の頂点であっても、君主ではないのだ」

「な、何を言って……」

「わからんか？　単純な話だ。我が魔族の中で一番強かった」

ゆえに魔王なのだ……。

「我は種《しゅ》の存続など望んではおらぬ。我が望みは一つだけ……。回復魔術を極め、すべての術理を修めること。王だ、国だ、支配だのに興味はない」

「くっ……！」

「お前らが今の世にも生き、暗躍していたことは薄々勘づいてはいた。よもや人間になっているとは考えもしなかったがな。我にちょっかいを出さぬ限り、放っていてやろうと思っていたが、こんなくだらぬ茶番のために、ハーちゃんに偽の記憶をかませおって」

「ルーちゃん気づいてくれたんだ！」

唐突にハーちゃんは顔を輝かせる。

「気づいていた？　娘……、先ほどから何かおかしいと思っていたが、お前まさか……」

「とっくにハーちゃんはお前の記憶改竄《かいざん》魔術から脱しておるよ。ハーちゃんだけではない。ハーちゃんの父上、王や王妃にも【邪視《ジャック》】を使ったな。ずいぶん念入りに魔術の痕跡を消していたが、よもやハーちゃんがすでに正気だったとは思うまい。その残してくれたメッセージのおかげで、王族全員の首が飛ぶ前に、城にやってこれたというわけだ」

「大変だったよ。この人の目を盗んで、ルーちゃんにメッセージを送るのは……」

ハーちゃんが胸を撫で下ろす横で、ユーリは血相を変えていた。

「め、メッセージ？　そんなものはなかったはず。この娘の家に同行したとき、僕は娘の行動を逐一観察していた。そんな素振りは……」

「ユーリ、お前にはわかるまい。あれは我とハーちゃんにしかわからぬメッセージだったからな」

我は首に下げていたネックレスを見せる。

それを見て、ハーちゃんもお揃いのネックレスを掲げて穏やかに笑った。

「部屋にネックレスがなかったとき、我は確信した。もし、本当に我との関係を清算するのであれば、ハーちゃんはこのネックレスを部屋に置いていったはず。これは我らの友情の証。真の友を示すものだ。だが、ハーちゃんは王宮にまでこれを持ち込んだ。そのとき、我は確信した。すでにハーちゃんはユーリの魔術の支配下にないことを。助けてほしい。あの部屋はそう訴えていたのだ！」

我が迫力に、ユーリが一歩後ずさる。

「馬鹿な……。いつ、そんな示しを合わせて」

「示し合わせてなどおらん。お互いを信じていただけだ」

「そう。ルーちゃんなら、絶対この異常な状況をどうにかしてくれるって信じてた」

我はハーちゃんを見つめる。ハーちゃんも我を見つめていた。

そして一緒に敵へ向かって眼光を飛ばし、高らかに声を響かせ宣言する。

「『我ら《わたしたち》、友達だから!!』」

かつて我は一人であった。いや、一人でも良かった。

回復魔術の奥義を極めることに、我以外の者が必要とは思わなかったからだ。

今ならばわかる。それは間違いであった。回復魔術は回復させる者がいてこその魔術。ただ己に向けるだけではなく、他人を癒やしてこそ真価を発揮する。

己ではない他人を知り、他人の中に見える己を知る。我の瞳の中にハーちゃんがいるように、ハーちゃんの中に我がいるように。互いに自己研鑽を積む友こそ必要なのだ。

我が意を得たり。我はついに今、回復魔術の深奥を見た！

「かぁぁぁぁぁぁあああああああ!!」

ユーリは吠える。そのワインレッドの瞳は血を浴びたように赤く光っていた。

歯をむき出し、優男の顔が鬼の形相に変化していく。なかなか心地よい殺気に、ついにやけてしまった。だが、我にとっては良くとも、他の者からすれば恐怖以外の何物でもないらしい。

「ルブルの姐さん！　ハーちゃんの姐貴！」

「ルブル君！　ぬ！　な、なんだ！　ユーリ王子？」

遅れて到着したネレムが、自分の二の腕をさする。

衛兵とともに駆けつけたゴッズバルドも、ユーリから放たれる殺気におののいていた。

ハーちゃんも言葉にならない悲鳴を上げ、尻餅をつく。

「あ、あ……」

「大丈夫だ、ハーちゃん。そなたは我が守る」

友を守る高揚感と、久しぶりの好敵手の出現に胸が高鳴る。

人間とはじつに面白い。敵前にして、血流が速くなり、脳内の物質が増殖するのがわかる。

この好敵手《ごちそう》を前にして、幸福だと思っているのは、魔王の魂《われ》かそれとも人間の器か……。

いずれにしろ、感謝しよう。この巡り合わせを……。

「嬉しそうだな、ルブルヴィム」

「何度言えばわかる。もう我は『ルブルヴィム』ではない。ルブル・キル・アレンティリだ」

「まさかこんなにも惰弱で、未熟で、退化したあなたを見ることになるとは」

「お前は強さというものを何もわかっていないな」

「はっ？」

「惰弱《よわい》からこそ、強くなろうという意志が生まれる。未熟であればこそ、より完成を目指す希望が生まれる。退化したことで見える景色もあるだろう。何かを極めることに一本の正しき道などない。すべてが己の強さに繋がっていると知れ」

「だまれぇぇぇぇぇぇえええええええええ!!」

ユーリは聖剣を構えた。

高く空に向かって掲げると、暗闇の中で太陽の如く光り始める。

周囲を明るく照らし、夜にあって昼に変えてしまった。

「これは聖剣【碩雷断剣《アロンダイト》】……。ただの聖剣ではありません。この【碩雷断剣《アロンダイト》】をはじめとする聖剣はあなたを倒すために我々魔族が鍛え上げ、作り上げた魔導兵器なのです」

「ほう……。我を王にしたり、国を興そうとしたり、忙しいことだ。そして今度は我を殺す兵器か。そんなに憎まれていたとは知らなかった。どうやら我が生まれる以前、我を母親ごと消し去ろうとしたのも、お前たちの仕業だな」

「あなたは強すぎたんですよ、大魔王ルブルヴィム」

「心地よい殺気だ。我を楽しませてみせよ、魔族の末裔よ」

「大魔王ぉぉぉおぉぉおぉぉおぉぉおぉぉおぉおおおお!!」

【碩雷断剣《アロンダイト》】!!

光の輝剣が振り下ろされる。

まるで夜空を両断するように閃き、我に振り下ろされた。

「死ねぇぇぇぇぇぇえええええええ!!」

ユーリは狼のように殺気を放ちながら、魔力を解放する。

空気中に拡散された魔力が暴風を生み、暴風は巨大な嵐を呼び起こした。

普通の人間であれば、立っていることすら叶わぬ嵐が王宮を中心にして巻き起こる。

壁にはヒビが入り、屋根瓦が捲り上がった。

さすがは我を殺そうと編み出された兵器だけはある。

トンッ!

我はあっさりと斬撃の進路を変化させた。

輝剣の軌道が逆を向くと、次の瞬間ユーリの肩から鮮血が噴き出ていた。

「ヒギャアアアアアアアアアア!!」

嵐の中に響き渡ったのは、汚《けが》らわしい魔族の悲鳴であった。

鮮血が飛び散る。魂は魔族でも肉体は人間だけあって、その血の色は赤い。

冷たい石畳にドロリとした血を滴らせながら、ユーリは傷を押さえて蹲った。

「バ、カ……な……」

今起こった事実を拒否するように、ユーリは我を睨む。

べつに睨まれるほど大したことはしていない。以前戦ったミカギリのときと同じだ。

刃の方向を変えて、相手を斬っただけである。

「デタラメすぎる……。そもそも剣相手になぜ、あなたは剣を持たない？」

「必要ないからだ。剣を持てば、剣で受けなければならなくなる。腕や足、あるいは己の肉体があるのにどうして剣に限定する必要があるのだ？　剣は相手の一本で十分なのだ」

「それがデタラメだと……」

「その一言で片付けてしまうからこそ、お前は未熟なのだ、ユーリ。素振りを毎日一〇万回、五〇〇〇年ほど続けよ。さすれば我に剣を持たせる日が来るやもしれぬぞ」

「ご、五〇〇〇年……」

「そら……。ところで大魔王と相対するのだ。我に対する対策。よもや聖剣《なまくら》一本だけではあるまい。そろそろ全力を出せ、ユーリ。我がその道筋を作ってやろう」

〝さあ、回復してやろう……〟

我はユーリを回復させる。

聖剣を返されたときにできた深傷《ふかで》がみるみる治っていく。

それどころか、ユーリの身体は膨張を始めた。

あの優しい顔こそなくなったが、魔力は充実し、筋力が一〇〇倍以上になる。

纏っていた服を突き破り、筋肉の塊となったユーリは夜天に叫んだ。

「ぐぺぺぺ！　素晴らしい！　なんだこの力は！　溢れる！　力が溢れるぞぉぉおお!!」

「魔族に回復魔術を……」

「ちょ！　さすがに姐さん！　魔族に回復魔術は……。（いや、もしかしてこれがルブルの姐さんの本性なのかも）」

ゴッズバルドも驚き、横でネレムも目を大きく開いていた。

衛兵たちも突然王子が化け物に変化して、右往左往している。

的確な指示もなく狼狽えていると、ハーちゃんの声がピシャリと響いた。

「落ち着いてください!!　大丈夫です！　ルーちゃんは勝ちます!!」

ハーちゃんのエールを背に受けて、我は巨大化するユーリに歩み寄る。

さて、我は今どんな顔をしているのだろう。

おそらく不敵に笑っているであろうが、それはどちらであろうか。

聖女のように微笑んでいるのか。悪魔のようにジャアクな笑みを浮かべているのか。

まあ、些細なことだ。今から対峙する強者との濃厚な対話に比べればな。

「全力でかかってくるがいい、ユーリよ」

「死ね!!　大魔王ルブルヴィムゥゥゥゥゥウウウウウウウ!!」

ユーリは叫ぶ。

聖剣を投げだし、己の拳を以て必殺の一撃を放とうとする。

そうだ。最後に信じられるのは、己の肉体よ。

ユーリの拳と我の拳が交錯する。

「ぶげらっ!!」

ユーリの顔が歪み、そのまま地面に埋まった。

一撃必倒………だった。

「あれ？　こんなはずでは……」

おかしい。こやつは魔族。鍛錬もせずに怠けていたようだが、それでも弱すぎないか？

そう判断するのは早計か。そうだ。おそらく我の回復魔術が完全ではなかったのだろう。

どうやらまた我は、このユーリの弱さを回復させることができなかったらしい。

「くそぉぉおおお！　未熟……。我はまだまだ未熟だ!!」

我は天に向かって吠える。

すると、地面に埋まったユーリを引き上げた。

すでに気絶しているユーリの頬を張りながら、我は怒鳴りつける。

「ユーリ！　もう一回だ！　もう一回、我にチャンスをくれ！　聞いておるか？　起きろ！　おい、こら！　寝ている場合ではないぞぉぉぉぉぉおぉおおおおお!!」

ユーリぃぃいいいいいいいいいいいいいいい!!

◆◇◆◇◆

ユーリは衛兵たちに連行されていった。

衛兵は我が人間と確認した者たちだ。他にも人間となった魔族がいるかもしれぬからな。念のためユーリから魔族としての力を奪ったし、普通の人間ぐらいにしておいた。

しばらくは大それた悪さなどできぬはずである。仮にヤツが改心し強くなれば、いずれまた悪さをするかもしれぬが、それを止めるのは、我ではなくこの国を守る者たちの役目であるはずだ。

我は聖女。今のように悪を叩き潰したり、誰かを守るために戦ったりはしない。

本来の役目は、人を癒やすこと。決して本懐を忘れてはならぬ。

仮にあの者が再び我の前に立ちはだり、勝負を望むというなら、全力を以て相手してやろう。そのときには我も今以上に強くなっているはず。極めた回復魔術によって、ユーリを心ゆくまで癒やし尽くし、今度こそ互いの全力をぶつけるまでだ。

襤褸《ぼろ》雑巾のようになったユーリを見送りながら、我は少し気になっていたことを尋ねた。

「ハーちゃん、いつからあやつの企てに気づいていたのだ？」

ハーちゃんが王国の王女だというのは、ユーリが我を王宮に呼び寄せるための嘘だった。

そのためにあやつは、ハーちゃんとその家族、さらに国王たちにも偽の記憶を植えつけ、偽物の王女に仕立てあげたのだ。大方、我がハーちゃんを気に入っているのを見て、そのままハーちゃんを我の妃にでも据えるつもりだったのであろう。

いや、待て……。我は一応、今は人間の女だぞ。

ならば、王妃は………うん？　ややこしくなってきた。

ま、まあいいか。今さら、あの愚か者の思考を読んでも遅い。

「ルーちゃんのおかげだよ」

「ん？　我のおかげ？」

「王宮に連れていかれる朝。わたし、ルーちゃんの回復魔術で癒やしてもらったでしょ？」

「そういえば、そんなことがあったような……」

「そのときに、多分ユーリさんがかけていた記憶改竄の魔術の効果が消されて、元の記憶を取り戻すことができたんだと思う」

我の回復魔術はハーちゃんの記憶まで回復させていたのか!?

ぬぬぬ……。嬉しいやら。悲しいやら。

我にはそんな意識はこれっぽっちもなかったのだが……。

「なら早くルブルの姐さんに助けてもらえば良かったじゃないですか」

ネレムの言うことはもっともだ。すると、ハーちゃんは申し訳なさそうに頭を下げた。

「ごめんね。でも、記憶改竄の魔術が解かれた直後は、まだ曖昧で。はっきりとこれが偽の記憶だってわからなかったの。だから、一度家に帰って、自分の記憶と周りの記憶を一つ一つ確認して……」

「そこではっきりと偽の記憶だと確信し、我にメッセージを残したということか」

たしかに自分が王女だという記憶があったとしても、妄想ぐらいにしか思わぬだろうからな。

今回の功労者は、もしかしてハーちゃんかもしれぬ。あのユーリが長年かけた計画の裏を掻いたのだ。あやつめ、今のハーちゃんの話を聞いたら、泣いて悔しがったかもしれぬ。取るに足らぬと思っていた人間に出し抜かれたのだからな。

いや、それは我も一緒か。この大魔王ルブルヴィムすら騙すとは……。

ハーちゃんはまさに稀代の策士であろう。我が友のなんと頼もしいことか。

「下がりなさい、君たち！」

突然、怒鳴り声が中庭に響き、談笑していた我らを遮る。

殺気立った衛兵たちが雪崩《なだ》れ込んでくると、たちまち我らは囲まれてしまった。

囲みの後ろにいて、目を光らせていたのはゴッズバルドである。

「まさかお伽噺に出てくる大魔王が、今目の前にいるとは」

「ちょっ！　ゴッズバルドさん！　あのユーリの話を信じるんですか？」

ネレムは自身が尊敬するゴッズバルドに向かって声を張り上げる。

己を心酔するというエルフの少女の声を聞いても、ゴッズバルドは眉一つ動かさなかった。

「私とて信じられぬ。だが、聖剣を圧倒する強さを見せられてはな」

「違います！」

その声は凜と王宮の中庭に響いた。ハーちゃんだ。

槍を向けている近衛の前に立ちはだかると、ハーちゃんは腕を広げた。

ジリジリと近づきつつあった近衛たちは、少女の目から流れる涙を見て、たじろいだ。

「ルーちゃんは魔王なんかじゃありません。それに彼女の名前はルブルヴィムじゃない！　ルブル・キル・アレンティリ!!　わたしの大切なお友達です！！！」

ハーちゃんの力強い言葉に、その場にいる全員が固まった。

最初の人生において、我は五〇〇〇年以上もの長き時を生きてきた。その間に数々の強敵と切り結び、勇者と呼ばれる者たちとは何度も死闘を演じた。どれも珠玉の如き名勝負であったが、今ほど己の心が昂ぶった瞬間はない。

ハーちゃんが放った一言は、どんな賛辞よりも我が心に染み入った。

「あ……姐さん…………？」

ネレムの言葉によって、我は自身が泣いていることに気づく。

涙滴は頬を伝い、わずかに弧を描くようにして流れていく。

ぽつりと地面に落ちた時、細かく飛び散った水分は星屑のように煌めいて見えた。

我の涙を見て、ネレムも動く。我を背にし、ハーちゃんと同様に手を広げたのだ。

「姐さんは、ルブルの姐さんです。あたいの恩人で、友達です。魔王なんかじゃない」

「ネレム君……。君は今自分が何をしているのかわかっているのかね？」

「わかってます。でもゴッズバルドさんの言うことでも聞けません。今回は勘弁してください」

「お願いします。わたしから友達を取り上げないでください」

ネレムも、ハーちゃんも大人たちに向かって頭を下げる。

二人の聖女候補生が、伝説と呼ばれる英雄を前にして一歩も退かなかった。

「やれやれ……。これじゃあ私が悪役じゃないか」

「良いではないか、ゴッズバルド。元々そなたはどちらかといえば悪人顔じゃ」

困り果てる英雄を見かね、国王と王妃が並んで現れる。

側に付き従っていたのは、ユーリに斬られた幼い王子だ。無事、意識を取り戻したらしい。

「こ、国王陛下！」

ゴッズバルドは膝を突くと、皆も倣った。

立っていたのは、我とハーちゃん、ネレムだけだ。

「事情は何となく察した。本当に魔王なのか？　ルブル・キル・アレンティリよ」

「そうだ。我こそは――――」

そこまで言いかけたところで、我は一度自分の頬をピシャリと張った。

強張った身体を餅のように揉んだあと、ターザムに習った通り、国王陛下に失礼を詫びる。

ようやくルブル・キル・アレンティリに戻ったところで、我は口を開いた。

「失礼しました、陛下。その通り。私は一〇〇〇年前に実在した大魔王ルブルヴィムの転生した姿です。そうは言っても、あなた方は知らぬでしょうが……」

我が存在は歴史の闇に葬られた。知る者がいるとすれば、今も生き残る魔族くらいなものだろう。

「侮るな、古き王よ。確かに大魔王ルブルヴィムの名は長い人類史において存在しない。しかし、我が王家の歴史には昔から言い伝えられてきた。曰く『一〇〇〇の春を迎えしとき、いずこより魔王が生まれるだろう』とな。さりとて余もお伽噺の類いだと思っていた。まさか本当に現れるとは」

さすが一国の君主か。我を前にして慌てふためき、助命を乞うのかと思ったが、その仕草すら見せなかった。興味深いとでもいうように、我の美しい姿を余すことなく観察している。

国王は平静でも、周りの者たちは必死だ。とくにゴッズバルドは国王の前に出て、その大きな身体を盾にしている。

「陛下、この者が魔王であるにしろ、ないにしろ。この者が王宮を更地に変える能力を持っていることは確か。危険ですから、お下がりください」

「――して？　この娘を逃がすつもりか、ゴッズバルド。お前の手口はわかっておる。余が若かりし頃、お前の戦術を後ろから眺めておったのは誰だと思おうておる」

「へ、陛下……」

どうやらゴッズバルドには何か考えがあったようだが、あっさりはしごを外されてしまった。

大方、我の邪悪さを喧伝し、人払いしたところで我を逃がす算段であったのだろう。

「すでにこの国でもっとも強力な兵器である『聖剣』が通じなかったのだ。今さら魔王だなんだと慌てても仕方があるまい。それともこの者と一戦交え勝利する自信のある者はいるか？」

ずいぶんと酷な質問だ。案の定、中庭はしんと静まり返ってしまった。

「余《よ》は血を好かぬ。それが無駄なものであれば尚更だ。ただ、あえてお願いする、魔王よ。そなたの力をもう一度貸してはくれぬか」

「どういうことでしょうか？」

「少し耳を澄ますがいい。聞こえてこぬか？」

しばし沈黙が降りる。

初めに聞こえたのは、火が爆ぜる音だった。

続いて悲鳴、叫び声、剣戟の音も。これはおそらく戦乱《たたかい》の音だ。

方向からして王都のほうだろう。王宮の城壁の向こうから聞こえる。すでに薄《うっす》らと空は赤く、いくつか黒い煙がたなびいていた。間髪を容れずに王宮が揺れる。炸裂系の魔術が王宮あるいは城壁の近くに着弾したのだ。

突如、起きた王都での内乱だが、我には心当たりがあった。

「魔族ですね……」

「え？」

「魔族？」

ハーちゃんとネレムは息を呑む。

「おそらくユーリが失敗した際、王都で反乱を起こす策になっていたのでしょう」

「さすがは魔王。魔族どもの思考をよくわかっておる。……残念ながら、こちらは劣勢。いくら強がったところで、魔族どもは強い。王国の兵士だけでは難しかろう。いずれここにも来て、余の首を刎《は》ね、王宮にいる者たち、いや王都の人間を根絶やしにするに違いあるまい。この窮地を脱する方法は一つしか思いつかぬ」

「まさか……」

ハーちゃんは息を呑む。そして彼女だけではない。

その場にいる全員が我のほうを見つめた。

国王と王妃は周りを囲んだ近衛たちを退け、我の前に出て膝を突く。

「大魔王ルブルヴィム。どうか今一度力を貸していただきたい。このとおりだ」

国王夫妻は深々と頭を下げた。

その姿を見て、ゴッズバルドも近衛たちも我の方を向いて、膝を突く。

みんな、我を大魔王ルブルヴィムと知りつつ、頭《こうべ》を垂れた。

「人間の王よ……」

我は再び魔王として、国王に呼びかけた。

向こうが魔王を頼りにするのだ。ならば、我も魔王として対応するのが筋であろう。

「仮に我が魔族を討ち果たした暁には、我に褒美はあるのか？」

「無論だ。国で一番の褒美を与えよう」

「それはなんだ？　金銀財宝か？　それとも権力か？」

「それがあなたの望みならば……。だが、余はそなたにもっと良いものを用意するつもりだ」

「良いもの？　ほほう。地位や金でもないなら、我に何を与える」

国王は迷わずこう告げた。

「自由………で、いかがかな？」

その言葉を聞いて、我は口端を歪めた。

「戦が終わったあと、我は何をしてもいいというのだな」

「そう聞こえなかっただろうか？」

「そなたに剣を向けるのも構わぬと」

「あなたに似合う剣があるというならば」

「よかろう。人間の王よ。お前の望みを叶えてやろう」

我は背を向ける。

その動作にいち早くハーちゃんが反応した。

「ルーちゃん！」

「………」

「戻ってくるよね」

「…………ハーちゃん。ありがとう」

「え？」

「ネレムも……」

「はい……」

「相手は魔族。それも一〇〇〇や二〇〇〇ではすまぬだろう。如何に我が大魔王とて、容易なことではない。だから今のうちに言っておく。……二人が友達と言ってくれて、とても嬉しかった」

だからこそ！　だから守らねばならぬ。

二人の友と、未来の友人を守るために……。

我は地を蹴り、ゆっくりと上昇していく。すでに黒煙が空を覆っていた。

赤い火の手を見ながら、我は【拡聲《ヴァダイ》】の魔術を使い、魔族どもに向かって名乗りを上げる。

「我が名は、ルブルヴィム。一〇〇〇年の刻《とき》を経て蘇った――――」

大魔王である!!

エピローグ

王都で起こった内乱から三日後——。

『王都瞬乱』といわれた事件は、まさしく名前の如く一瞬のうちに終わった。

マナガストには『三日天下』という故事があるが、三日どころか二時間と保《も》たなかった。

一瞬の騒動——即ち瞬乱である。やや笑い話に聞こえる内乱ではあるが、仮に続けば魔族との戦いが終結した以後、未曾有の災害になっていたことは間違いないだろう。

瞬乱を鎮圧した英雄の名前は、セレブリヤ王国のどの報告書にも記載されていない。

詳細不明。王都で暴れていた身元不明・年齢不詳の男女たちは、泡沫《うたかた》のごとく消えてしまい、一体どんな理由で『王都瞬乱』を起こし、何者が収拾したのか、誰もわからなかった。

一部の者以外を除けば……。

ともかく王都は平常に戻り、聖クランソニア学院の授業も再開された。ただし通常授業ではなく、被害に遭った者たちの治療と心のケアをするため、聖女候補生たちは学院の外に出て、活動を行っている。王都にある教会を訪問し、傷ついた人間の治療を続ける聖女《せんぱい》たちのお手伝いをしていた。

「ハートリー・クロースさん……。ハートリーさん？　ハートリーさんはいますか？」

教官の声を聞いてハートリーは慌てて顔を上げると、ベンッと頭に何かが当たった。

何事かと頭上を見ると、黒の出席簿と、やや顔を曇らせた教官と目が合う。

「しっかりなさい、ハートリーさん。疲れているのはわかりますが、今はそうは言ってられません。『王都瞬乱』において多くの方が治療を求めています。その身体と心のケアをするのが、聖女の務めなんですよ。たとえあなたが候補生とて気の緩みは許されるものではありません」

教官の手厳しい言葉が教室に響く。そのまま黒板のほうへ戻っていき、さらに言葉を続けた。

「何よりあなた方は、聖クランソニア学院の生徒です。実地に勝る勉学はありません。あなた方の中には、家族あるいは友人が被害に見舞われた人がいることも承知しています。しかし我々は――」

教官の高説が続く。

『実地に勝る勉学はありません』

その言葉を聞いたとき、ハートリーはわずかに笑った。今この場にいない聖女候補生なら、その言葉を聞いて大層喜んだことだろう。そして嬉々として学院を出て、傷ついた民を治療したはずだ。しかも奉仕の精神でもなければ、教会への寄付を促す目的でもない。

ただ回復魔術を極めんために……。

「ルブル――……ごめなさい。まだ行方不明なんでしたね」

一瞬笑顔の戻ったハートリーだったが、すぐ表情を曇らせた。

自然と顔が下を向き、気が付けば隣の席を見つめている。

『王都瞬乱』が終わって、三日。ルブル・キル・アレンティリの行方がいまだにわかっていない。あれほど通学することを望んでいた学院の授業も連日欠席し、加えて寮の部屋も固く閉ざされている。帰ってきたという痕跡もない。

内乱を治めたのは、ルブルだ。それは間違いあるまい。しかし、それが治まった今彼女がハートリーたちの前に戻ってこない理由がわからなかった。正体が明かされたことで、学院に帰って来づらくなったのだろうか。様々な憶測が頭の中に浮かんでは消えていく。

ハートリーが友達になってくれたことを、ルブルは大層喜んでいたが、それはハートリー自身も同じ気持ちだった。一緒に登校することも、お弁当を食べるのも、お喋りするのも、当たり前のことのようになっていた。いつも心のどこかにルブルがいたのだ。

もしルブルが戻らなければ、またハートリーは以前のハートリー・クロースに戻ってしまうかもしれない。ドジで、引っ込み思案な自分に。

（いけない……）

ルブルはルブル、自分は自分だ。

変わってしまったことを、他人のせいにしてはいけない。

（強くならなきゃ……。ルーちゃんのように）

点呼が終わると、ハートリーは他の生徒とともに立ち上がる。教会に向けて、出発した。

その日、彼女の手際は完璧なものだったという。

「「「ごきげんよう」」」

教会の実習が終わり、学院に帰校したときには、すでに空は茜色に染まっていた。

聖クランソニア学院の校門前で解散となり、寮組と通学組が別れの挨拶をして帰っていく。

本来であれば、ハートリーは通学組だ。ユーリの偽の記憶から解放された父は、嘘のように元気になり、今も下町に住む人に格安で日用品を販売している。

五年前に亡くなった母親の墓参りもした。偽の記憶においては、駆け落ちした末に酔って川に飛び込んだことになっていたが、まったくの嘘話だった。ハートリーの母親は当時、下町の間で流行っていた病にかかり、そのまま眠るように息を引き取ったのだ。ハートリーが聖女を志したのも、母親との別れがあったからである。

そのハートリーが足を向けたのは、聖クランソニア学院の敷地内にある寮だ。

気がつけば、自然と足が向いていた。淡い期待を胸に、ルブルの部屋へと向かう。蝋燭《ろうそく》の一本も立っていない薄暗い廊下を進み、奥の角部屋の前で立ち止まった。

開けようかどうしようか、考えあぐねていると、床の軋む音が聞こえる。

振り向くと長身のエルフの娘が立っていた。苦笑いを浮かべ「ども」と軽く頭を下げる。

「ネレムさん！」

「ハートリーの姐貴もここに来たんですね」

「〝も〟って……、ネレムさんも？」

「ええ……。ただ残念ながらルブルの姐さんの屋敷には繋がってないみたいですが」

「そう」

「ハートリーの姐貴……。怒らないで聞いてください。あたい、このままルブルの姐さんは戻ってこないほうがいいんじゃないかって思ってるんスよ」

「え？」

「だって大魔王っすよ、あの人。スケールが大きすぎるというか。あたいたちの手に余りまくるっていうか。……あたいたちなんて別に必要ないっていうか」

「その気持ちわかるよ。でも、ルーちゃんはそれでもわたしと友達になろうって言ってくれた。わたしが困っていたとき、真っ先に助けにきてくれた。だから、今度はわたしの番なんだ。わたしがルーちゃんを迎えに行かなきゃならないんだと思う」

祈るように目を伏せた後、ハートリーは両目を開いた。ノブを握り、扉を引く。

果たして、そこにあったのは……。

ポタリ……。

水滴が落ちる音が聞こえた。木の床に水滴が点々と並んでいる。白い湯煙の向こうに広がっていたのは浴室だ。フローラルな石鹸の香りとともに、濡れそぼった生身を晒した少女が立っている。

星空をすくい上げたような綺麗な銀髪。

羊の乳のような白く滑らかな肌。

反射的に眼がいってしまう豊かな胸。

美しい裸身を隠すものは、少女の持つ一枚の布だけだった。

「え？」

「え？」

「え？」

三人の言葉が重なる。

「キャアアアアアアアアアアアアア!!」

「る、ルーーーーーーちゃん!!」

「あ、あ、姐貴ぃぃぃぃぃぃぃぃぃぃぃ!!」

アレンティリ家の浴室に三人の娘たちの悲鳴が響き渡る。

いち早く反応したのは、二階で執務を片付けていたターザムだ。

荒々しくドアを開く音が聞こえたかと思うと、悪鬼の表情で浴室の窓から飛び込んで来る。

一糸纏わぬ我が子と、固まったハートトリーとネレムを見て、たちまち目くじらを立てた。

「ルブルぅぅぅぅぅうう!!　あれほど、浴室と寮の部屋をくっつけるなと――」

「お父上のエッチ!!」

ルブルは反射的に魔術を使う。父親の両目を見事貫いた。

「目が、目がぁ……！」

「たとえお父上でも……。年頃の娘の裸を見せるわけにはいきません。淑女として」

「お前…………まだ……五、さい…………がくっ……」

そのままターザムは意識を失った。

「やれやれ……」

「ルーちゃん!!」

肩を竦めるルブルを床に押し倒したのは、ハートリーだった。

まだ満足に水滴も拭い切れていないにもかかわらず、ルブルの大きな胸に埋まるようにハートリーは親友との再会を喜ぶ。その二人を隠すように、一度舞い上がった布が二人に被さった。

久方ぶりに再会したルブルの胸の中でハートリーは泣きじゃくる。

「良かった……。本当に良かったよぉ」

「良かったッスねぇ、ハートリーの姐貴。ルブルの姐さんも……。ぐすっ」

横でネレムも涙を流し、やがて嗚咽を上げる。

「ハートリー……。ネレムまで………」

一方、ルブルは困惑していた。あの大魔王ルブルヴィムが何をしていいかわからず、ただ子どもをあやすようにハートリーの頭をなでている。

やがてマリルが騒ぎを聞きつけ、浴室の窓から顔をのぞかせた。

「あらあら……。こんな時間にお客様？　まあ、ハートリーちゃんじゃない」

「母様……」

目で助けを求める娘を見て、マリルはクスリと笑った。

「立ち話もなんだから上がってちょうだい。ちょうどおいしいシチューができたところよ」

「えっと……。母様もこう言ってるし。夕飯を食べてく？」

「いいんですか、姐さん？」

「断ったら帰ってくれるのかしら、ネレム？」

ルブルは挑戦的な視線を向けると、ネレムは思いっきり首を横に振った。

「ハーちゃんも……。母様が作るシチュー、好きでしょ？」

「うん……。ご相伴《しょうばん》にあずかります」

ハートリーは涙を払いながら、ようやくルブルから離れる。でも一度握った手を離そうとはしない。離せばまたどこか行ってしまいそうな気がしたからだ。

「母様。お父様を起こしたほうがいいですか？」

「大丈夫でしょ。たまには女の子同士でお話をしましょう。男には内緒でね」

マリルは口元に指を当てて、チャーミングに笑った。

◆◇◆◇◆

マリルの特製シチューに、二人の友達が舌鼓を打つのを我は見ていた。

優しく、温かく、マリルそのものが宿ったシチューに、我ら一同の心は癒やされる。

この世に最強の回復魔術があるとすれば、それはマリルのシチューのことであろう。心身ともに傷ついていても、一口食べるだけで胸が熱くなり、元気が漲ってくる。マリルのシチューに比べれば、我の回復魔術などまだまだだ。

シチューの鍋を三人で空にしたあと、ようやく本題の話に入った。

「本当に良かった。ルーちゃんが戻ってきてくれて。もう一生戻ってこないかと思ってたよ」

「そんなわけないでしょ」

部屋着に着替えた我は、自分の胸の谷間に手を突っ込む。

取り出したのは、親友の証であるネックレスだ。

「私がみんなからお別れするときは、このネックレスを置いて立ち去るときよ。でしょ、ハーちゃん？」

「ルーちゃん……！」

ハーちゃんは顔を赤くする。その目は輝き、うんと一つ頷いた。

「ところでこの三日間、どこへ行っていたんですか、ルブルの姐さん？」

「どこって……、世界中ですよ」

「「「世界中！！！」」」

ハーちゃんに、ネレム、さらにマリルまで大きな声を上げる。

じつはまだマリルにはまだ話していなかった。というのも我もさっき帰ってきたばかりなのだ。

さすがに世界中となると汗の一つもかくからな。すぐに落としたくて、学院の寮と浴室を直接繋げてしまったのだ。学院にも湯浴みをする場所はあるのだが、どうも使い勝手が悪い。学院でトレーニングしたあとは、一度家に戻り、浴室で湯浴みをするのが日課になっていた。

「世界中って……。何をしに？」

「人間の身体に潜伏している魔族に、おしおきしてきました」

「魔族に……!!」

「おしおき!!」

「苦労しました。全員を見つけるのは……。魔族が開発した転生魔術はなかなか完成度の高い魔術でしたから。ユーリの正体も初見では見破れないぐらいでしたし。対応策を構築して、見分けられるようになったはいいのですが、想像以上に数が多くて。結局世界中を回る羽目になってしまいました」

ふう、と我は息を吐きながら、普段着のまま手団扇《てうちわ》で扇ぐ。本来なら友人にこんな醜態を見せたくないのだが、今回ばかりは疲れた。大魔王ルブルヴィムの頃ならいざ知らず、精々五年程度しか鍛錬できていないこの身体は、全盛期と比べれば一枚の羊皮紙にも等しい。

つまり、もっと鍛えねばならぬということだ。

「骨は折れましたが、責務を全うできたことは良いことです」

「責務って？」

「大魔王としての……。魔族の王としての責務ですね。せっかく平和な世の中になったんです。それをわざわざかき乱す必要はないですから」

大魔王、という言葉に、ハーちゃんはぴくりと眉宇《びう》を動かす。横のネレムも同様だ。

大きく息を吸い込み、両拳を膝に置いて、二人は居住まいを正した。

「あ、あのね、ルーちゃん！　わたしはルーちゃんが大魔王でも、魔族の王でも友達だから……。ずっと友達でいたいから。だから、まだ友達でいてくれる？」

「あたいも、ハートリーの姐貴と一緒の気持ちです。これからもご指導ご鞭撻のほどよろしくお願いします!!」

ハートリーは涙を滲ませ訴えると、ネレムは深々と頭を下げた。

ん？　なんだ？　これはどういう状況だ。

我とハーちゃん、ネレムが友達であることは周知の事実のはず。

大魔王というのも関係ない。そもそも我はもう大魔王でもなんでもなく、父はターザム、母はマリルの子爵令嬢ルブル・キル・アレンティリだからだ。

ユーリが言ったように世界を支配するなど興味もないし、魔族の復権も考えていない。我が求めるはただ一つ。回復魔術の深奥を極めることだ。

なのに、二人の言動はどういう意味なのだ。もしや、まだ友達ではなかったのか？　我の勘違いだったのか？

「ふふふ……。ルブルちゃん。二人はこう言いたいのよ。たとえ、あなたの心に大魔王が宿っていても、本当にあなたが邪悪な存在だとしても、友達になろうって」

「それはわかるのですが……。そもそも二人とも、大魔王ルブルヴィムを知らないでしょ？」

「え？」

「え？」

「私の存在は、歴史上抹消されています。本当にいたかどうかも怪しい存在を、怖がれって言われても、怖くないのでは？」

「(正体不明ってところで、十分怖いけど……)」

「(すでにルブルの姐さんの存在自体が怖いっす)」

むっ！　我の前でこそこそ喋るとは、二人ともずいぶん仲良くなったような気がする。

喜ばしいことだが、なんかちょっと心がモヤるのはなぜだろうか。

我はいつの間にか頬を膨らませると、本心を吐露した。

「そもそも恥ずかしいんですよ」

「は、恥ずかしい？」

「私は大魔王ルブルヴィムだといっても、ただの痛いヤツとしか思われないでしょ。だから、二人にはずっと隠していたんです」

(そ、そんな理由だったの??)

(さすが姐さん。あたいたちの予想の斜め上をいく発想！)

「だから、大魔王云々で友達を失うとは思っていません。だいたい二人は仰っていたではないですか」

『彼女の名前はルブルヴィムじゃない！　ルブル・キル・アレンティリ!!　わたしの大切なお友達です！！！！』

『姐さんは、ルブルの姐さんです。あたいの恩人で、友達です』

「あんな熱烈なラブコールをされたら、みんなの前から消えるなんてできませんよ」

我は食後の紅茶を一気に飲み干す。

揃って赤い顔をしたハーちゃんとネレムは恥ずかしさのあまり固まった。

「いいわねぇ……。友情って……。ルブルちゃんは幸せ者ね。この果報者！」

「このように私が大魔王と言っても、まったく態度を変えない母親もいますしね」

マリルは娘の頬をツンツンと押してくる。母様の攻撃に為す術のない我は、ただ肩を竦めるだけだ。

そのあと、食卓は明るい笑い声に満ちていった。我も心行くまで笑い、語る。世界中を回って、魔族の強者たちと戦うのも悪くなかったが、やはり友や家族といるこの空間が一番居心地がよい。

まだ回復魔術は極められていないが、人間に転生したことは間違いではなかったようだ。

良い食卓である。

我は戦場の血の匂いや、学院の古びた紙の匂いも好きだ。

だが、一番好むべきはアレンティリ家の食卓の匂いである。

領内でできた野菜の匂い。摘み立ての紅茶の芳香。古びた木の香り。

アレンティリ家にしかない様々な匂いが、この家を形作っている。

それを作ったのは、ターザムとマリルだ。さすが我が父と我が母……。

それゆえに落ち着く……。帰ってきたという気分になる。

数千年座していた玉座すら記憶から霞むほどに、今の環境が精神に安寧をもたらしてくれる。

そこに友も駆けつけてくれたとなれば、これほど心強いことはない。

心の奥底では心配していた。我が大魔王であると知って、ハーちゃんもネレムも友達をやめるのではないか。失望するのではないか、と。

でも、戻ってきてくれた。我のもとに……。

ありがとう、ハーちゃん。感謝する、ネレム。

また再び回復魔術の深奥を………のぞ………こ……。

◆◇◆◇◆

カチャン！

ティーカップが割れる。

同時に入っていた紅茶が床に広がった。

食堂にいた一同は驚き、身を震わせる。ルブルを除いてだ。

「わっ！　びっくりした！」

「どうしました、ルブルの姐さん？」

ルブルの対面に座っていたネレムが気づく。

背もたれにもたれかかるようにルブルは、目を閉じていた。

「そっか。ルーちゃんって、決まった時間に寝ちゃうんだった、痛ッ！」

「あらあら。大丈夫、ハートリーちゃん」

ハートリーは立ち上がると、割れたティーカップの破片を誤って踏んでしまう。

よくあることなのでマリルは落ち着いていた。家の中にある救急箱を持ってくる。

「大丈夫です。これぐらい自分で……。それよりもルーちゃんは……」

「大丈夫よ」

マリルは救急箱をテーブルに置いた後、食堂に吊るしていたカーディガンをルブルの肩にかけた。よく耳を澄ますと、規則正しい寝息が聞こえてくる。

その寝顔を見ながら、マリルは幸せそうに笑った。

「よく寝てるわ。ふふふ……。食事中に眠るなんて子どもみたいでしょ？　たまにお風呂場でもあるのよ」

「それって危なくないスか？」

「ええ。毎日が心配で心配で。だってルブルちゃん、まだ五歳だから」

「ご、ご、ご……五歳!!」

「あら？　ルブルちゃん、言ってなかったのね。きっと子ども扱いされたくなかったんだわ」

マリルはそのままルブルを近くのソファに寝かせた。部屋着を脱がせ、寝間着に着替えさせる。手慣れた動きからもわかるとおり、しょっちゅうあることなのだろう。

「二人は信じる？　ルブルちゃんが大魔王っていう話」

二人は顔を合わせたあと、それぞれ自分の意見を述べた。

「ハーちゃんの無茶苦茶なところは何度も見てきましたから」

「五歳だとしても、姐さんならあり得るかなって」

「ありがとう。ルブルちゃんは幸せ者ね。こんなにいいお友達がいて。……二人とも今日はもう遅いから泊まっていってちょうだい。親御さんと学院には私から事情をしたためた手紙を、ルブルちゃんの使い魔ちゃんに送ってもらうから」

「い、いいんですか？」

「むしろ、こっちがお願いしたいぐらいよ」

マリルは満面の笑みを浮かべる。

二人の両親は心配するだろうが、それでも今日は特別だ。

マリルの厚意に甘えることにした。

「じゃあ……」

「よろしくお願いします。あ……。遅れました。ネレムと言います。ルブルの姐さんにはお世話になっています」

「まあまあ！　ご丁寧にどうも。嬉しいわ。また娘が増えたみたいで」

マリルは心底嬉しそうに笑うのだった。

ルブルの部屋に使われなくなったベッドを入れた。

それを元からあったルブルのベッドの横に置き、三人で寝られるようにする。

ルブルを挟んで川の字になると、ハートリーとネレムは、アレンティリ家の天井を見つめた。

横ではスースーとルブルが眠っている。ベッドを入れるとき、結構な物音がしていたはずだが、目を覚ます気配すらない。やはり相当疲れていたのだろう。

ハートリーとネレムは、ルブルの片方の手を取り、握る。

お互いの手の温もりを感じながら、しばし余韻に浸っていた。

「ふふ……」

「どうしました、姐貴」

「なんかこうしてると、親子みたいだね」

「親子？」

「そうか。ネレムさんは知らないのね。下町の親子ってね。家が小さいから、こうやって川の字になって眠るんだよ」

「へぇ……。じゃあ、ハーちゃんの姐貴はお母さんですか？」

「わたしがお母さんでいいの？」

「ルブルの姐さんは子どもで、あたいは――――あたいもお母さんでいいかな」

「お母さん、二人もいるの？」

「おばさんも含めて、三人っすね。いいじゃないですか。この子どもは母親が何人いたって手がかかりそうなんですから」

「確かに！　あはははは!!」

と言うと、ハートリーとネレムは揃って笑った。

すると――――。

「ハーちゃん………。ネレム………」

ルブルが声を発する。

起きたのかと思ったが、銀髪の少女の瞼は閉じられたままだった。

どうやら寝言だったらしい。わずかに口元が緩み笑っているように見える。

月光を受けた銀髪は美しく、唇はサクランボのように淡い。

天使のようというよりは、天使そのものであった。

「幸せそうな寝顔……」

「この人が、学院で『ジャアク』って呼ばれているなんて、誰も思わないっスよ」

「でも、わたしたちはルーちゃんの秘密を知ってる」

「それと比べたら、『ジャアク』のほうがよっぽど子どもじみてます……けど………ね」

やがてネレムからも寝息が聞こえてくる。

その頃には、ハートリーも瞼を閉じて眠っていた。

二人にとっても、この三日間は大変な三日間だったのだ。

ごろりと、ハートリーとネレムが動く。

まるで子どもを守るようにルブルのほうを向くと、三人の娘たちは眠りにつくのだった。

《了》

あとがき

初めましての方は初めまして。六月十四日発売した『ハズレスキル『おもいだす』で記憶を取り戻した大賢者～現代知識と最強魔法の融合で、異世界を無双する～1』を、発売日にあとがきまで読破した素晴らしい読者の皆様、十一日ぶりですね。作家の延野正行です。

この度、小説家になろう様にて連載しておりました『魔王様は回復魔術を極めたい（一）その聖女、世界最強につき』（以下『魔王様は回復魔術を極めたい』）の第一巻を上梓させていただきました。おかげさまで、来年で十年目になる作家なのですが、小説の同月刊行（しかも出版社様は同じ）という稀な経験を初めてさせていただきました。本当に有り難い限りです。

さて、そのもう一冊となるのが、冒頭に書きました『ハズレスキル『おもいだす』で記憶を取り戻した大賢者～現代知識と最強魔法の融合で、異世界を無双する～1』となっております。『おもいだす』という能力によって、千年前【大賢者】であったことを思い出した主人公が、今世で知識を生かして無双するお話になっております。ただ無双するだけではなく、主人公の成長もゲームのような感覚で読み進めることができますので、お手元にない方は是非お買い上げください。

さて『魔王様は回復魔術を極めたい』は如何だったでしょうか？　個人的に凄く楽しみながら書けた作品でして、何よりルブルが可愛くて仕方がありませんでした。あとでも書きますが、ふつー先生に描いていただいたルブルがまた可愛くて、キャラデザが上がってきた時は「ほわっ！」と謎の奇声を上げてしまったほどです。また読んでいただいた方の中には、「もしや」と思った方もいらっしゃるかと思いますが、今作のモチーフは八木教広先生の『エンジェル伝説』を参考にさせていただきました。子どもの頃、腹の底からゲラゲラと笑わせていただいた作品で、あのシュールさを自分の作品に生かせないかなあ、と四苦八苦しながら完成したのが、今作となります。面白かったと思っていただけたら幸いです。

では、そろそろ締めのご挨拶を。額縁に飾りたいぐらい素晴らしい表紙と暖かみのある口絵、迫力ある挿絵を描いてくれたふつー先生、ありがとうございました。「面白いのになあ」と燻っていた作品を拾ってくれたブレイブ文庫の編集部の皆様。それぞれ作品に爪痕を残していた一代目担当O様、二代目担当K様、現担当のM様。作者のわがままを通していただいたデザイナーの方。蒸し暑い中、走り回っている営業の皆様。この作品を並べてくれている書店員の皆様。WEBからこの作品を愛し、読んでくれた読者の皆様。そしてこの作品を手に取ってくれた読者の方々に感謝を申し上げます。ありがとうございます。

『ハズレスキル『おもいだす』で記憶を取り戻した大賢者～現代知識と最強魔法の融合で、異世界を無双する～』ともども、シリーズの継続と、コミカライズをしたいと考えていますので、引き続き応援の方をよろしくお願いします。

延野正行

唯一無二の最強テイマー
～国の全てのギルドで門前払いされたから、他国に行ってスローライフします～
原作：赤金武蔵　漫画：田村紘一
キャラクター原案：LLLthika
異世界還りのおっさんは終末世界で無双する
原作：羽々音色　漫画：ダンタガワ
ジャガイモ農家の村娘、剣神と謳われるまで。
原作：有郷　葉　漫画：たぢまよしかづ
キャラクター原案：黒兎ゆう

雷帝と呼ばれた
最強冒険者、
魔術学院に入学して
一切の遠慮なく無双する
原作：五月蒼　漫画：こばしがわ
キャラクター原案：マニャ子
どれだけ努力しても
万年レベル0の俺は
追放された
原作：蓮池タロウ
漫画：そらモチ
モブ高生の俺でも冒険者になれば
リア充になれますか？
原作：百均　漫画：さぎやまれん　キャラクター原案：hai
COMIC
NoVA
ノヴァ
https://www.123hon.com/nova/
話題の作品
続々連載開始!!

転生貴族の異世界冒険録
～カインのやりすぎギルド日記～
原作：夜州　漫画：香本セトラ
キャラクター原案：藻
レベル１の最強賢者
原作：木塚麻弥　漫画：かん奈
キャラクター原案：水季
我輩は猫魔導師である
原作：猫神信仰研究会　漫画：三國大和
キャラクター原案：ハム